小説 仮面ライダー鎧武外伝

～仮面ライダー斬月～

毛利 亘宏

講談社キャラクター文庫 032

小説 仮面ライダー鎧武外伝

～仮面ライダー斬月～

原作

石ノ森章太郎

著者

毛利亘宏

監修

鋼屋ジン

（ニトロプラス）

協力

金子博亘

デザイン

出口竜也

（有限会社 竜プロ）

目次

キャラクター紹介

鎮宮《しずみや》家

鎮宮影正《しずみやかげまさ》 アーマードライダープロト龍玄《リュウゲン》

トルキア共和国を支配する貴族、鎮宮家の次男。二十歳《はたち》になったばかりの、鎮宮家の跡取り息子。父・鍵臣からの指令を受け、極秘裏に活動を開始する。敬愛する兄である雅仁の事故に関わる男、呉島貴虎を憎み、隠された真相を明らかにしようとしている。

鎮宮鍵臣《しずみやかぎおみ》

箱舟計画《プロジェクト・アーク》の失敗で呉島家の支配力が弱くなった巨大企業、ユグドラシル・コーポレーションを、新たな組織に生まれ変わらせ、支配しようと企んでいる

鎮宮家当主にして、トルキア共和国の頂点を極める男。

自らが戦いの場に赴くことはないが、気に入らないことがあれば、息子の影正にも杖《つえ》を振るう。

鎮宮《しずみや》雅仁《まさひと》

鎮宮家の長男で、親友・呉島貴虎と共に箱舟計画を進めていた。ノブレス・オブリージュの思想のもと、トルキア共和国にあふれた怪物・インベスを倒すためにスカラーシステムを発動し、わが身と共に焼きつくした。

雪叢《ゆきむら》・ベリアル・グランスタイン　アーマードライダープロトブラーボ

鍵臣に金で雇われた傭兵《ようへい》。自信に満ちた低い声で、女性のようなしゃべり方をする、軍服を着た大男。特別な訓練を受け、プロの戦闘術を身につけている。

呉島《くれしま》家

呉島貴虎《くれしまたかとら》　アーマードライダー斬月《ザンゲツ》

元ユグドラシルの研究部門の主任で、箱舟計画の責任者だった。最初のアーマードライダーであり、対インベスでの実戦経験も豊富で、優れた戦闘能力の持ち主。海外にいる両親にかわり、弟の光実を育ててきた。今は沢芽市の復興と、ユグドラシルの技術の悪用阻止のために、世界中で活動を続けている。

呉島光実《くれしまみつざね》

貴虎の弟で、ダンスチーム鎧武に所属していた。その一方でアーマードライダー龍玄として暗躍するが、葛葉紘汰らに心を救われることで、世界を守ることを誓う。

呉島天樹《くれしまあまぎ》

貴虎・光実兄弟の父で、ユグドラシルの有力者だった。ノブレス・オブリージュを唱える一方で陰の面も持ち合わせていた。すでに死亡している。

チーム『オレンジ・ライド』

サイモン　アーマードライダープロト鎧武《ガイム》

チームリーダーで、トルキア共和国地下都市の実質的な〝支配者〟。少年というよりは青年に近い年齢で、混乱していた地下都市の子供たちをまとめ上げた人格者。平和主義者で、明るい性格。あっけらかんとしたもの言いで戦いをおさめてしまう。しかしいざ戦いとなると、その戦闘力はすばらしく、ほとんどの抗争は一人で片づけてしまう。

アイム
腕はいいが、性格の優しさもあって、チームでは二番手。サイモンからの信頼はあつく、またサイモンのことを兄のように慕っている。仲間思いで、恩義にも厚い。

パイモン／グシオン
サイモンやアイムから信頼されている仲間。今は雑用が多いが、いずれはもっと先頭に立って戦いたいと思っている。

チーム『バロック・レッド』

グラシャ　アーマードライダープロトバロン
チームリーダーで、好戦的な性格。まだ幼さの残る少年だが、毎日のように戦いを繰り返している。最大勢力を誇り、圧倒的な武力と威圧的な言動で恐れられている。

ベリト／オセ
チームの強みである情報戦を制するための諜報《ちょうほう》活動を得意とするメンバー。

チーム『グリーン・ドールズ』

フォラス　アーマードライダープロトグリドン

チームリーダーで、非常に頭が回り、頭脳戦を得意とする。奇襲などの工夫をこらした戦い方をとることが多い。常に何人もの女性を側に置き、人をからかうようなもの言いをする。

沢芽市《ざわめし》の住人

葛《かずら》葉《ば》紘汰《こうた》

人々を守るためにアーマードライダー鎧武に変身し、戦い続けた心優しき男。チーム鎧武のサブリーダーだったが、人間を超えた存在『始まりの男』となり、地球を離れた。

ユグドラシル・コーポレーション

戦極《せんごく》凌馬《りょうま》

ユグドラシルの研究所で戦極《センゴク》ドライバー等を開発した天才研究者。すでに死亡している。

第一章

【影正の章】

1

なんて退屈な世界だろう。僕は光を失った。このトルキア共和国が炎に包まれたあの日、子供だった僕は蚊帳《かや》の外で、見ていることしかできなかった。

僕はこの世界でたった一つの希望をなくしたんだ。

ねえ。……雅仁《まさひと》兄さん。

それから僕は、とても空虚な日々を送っている。なんのために生きているのか、よくわからない。かつて兄さんが言っていた。

『誰かを守る義務』

それさえあれば、生きている意味はあると。守る者が誰もいなくなった世界に、僕が生きている意味はあるのだろうか。

2

ここは、あまり知られていない辺境の国。

そこで父さんの知り合いが主催しているパーティーに出席することになった。

周りは森に囲まれ、美しい湖が太陽の光を照り返し、輝いている。すぐ近くには大きな屋敷があって、そこがパーティーの会場であるらしい。

広い屋敷はさながら王族の城のようで、なぜ貴族たちはこぞってこのような派手なものを好むのかと僕はうんざりしていた。


客室に招かれ、やっと一人になれたかと思えば、次から次へと人が来る。ひと息つく時間すらもないようだ。

ここに来る前、今日の出席者の名簿をすべて覚えさせられた。ただの名前だけでなく、年齢、家族構成、趣味や鎮宮《しずみや》家との関係、黒い噂《うわさ》も含め様々な情報が記載された名簿を隅から隅まで記憶し、顔色一つ変えずスラスラと言えるまで何度もあの杖《つえ》で父さんに殴られた。おかげで服の下は痣《あざ》だらけだ。体を動かすのが少し億劫《おっくう》になるほどにね。


夜が来て、パーティーが始まる。

本当にうんざりする。どこへ行っても偽物の笑顔と嘘《うそ》の言葉。鎮宮の跡取りというだけで派手に着飾った老若男女が僕を取り囲む。誰かと話し終える度に、また別の誰かがやってきて、どうやら順番待ちをしているらしい。

誰もかれも示し合わせたんじゃないかと思うほど同じ話ばかり。父さんが作ろうとしている新たな組織のこと、世界情勢、個人思想、僕の縁談話まで。ざっとまとめれば貴族たちがこれらの話を代わる代わるしてくる、僕の身にもなってほしい。張り付けた笑顔もそろそろ限界だ。パーティーを抜け出す口実を作らなくては。

ウエイターを呼び、ワインをもらう。

先日、二十歳《はたち》になり飲酒を許された。小さなワイングラスを手にとり、普通はそれを片手に語らうのだろうが、僕は一気に飲み干した。そのままウエイターに空《から》のグラスを返すと、彼は少し驚いているようだった。

「少し酔ってしまったようで、外の空気に当たってきます」

はにかみながらそう言えば、誰も止める者はいない。自然と外への道ができた。途中、看病したいやら付き添いたいやら迷惑な申し入れもあったが、やんわりとお断りさせていただいた。

それに、パーティーの真打ちが登場したことで奴らの僕への関心は次第に薄れていった。

真打ち、もとい父さんは壇上に上がり、またいつもの長ったらしいユグドラシル・コーポレーションの失敗について語っている。

箱舟計画《プロジェクト・アーク》。人間を選別し、選ばれなかった人間を放棄する計画。かつて、ユグドラシルのそのやり方は失敗した。自分たちは選ばれた人間、父さんによればユグドラシルはそこが間違っていたらしい。人間が人間を支配するのでは結局争いが起きる。人間を超越したものにならなくては。それが父さんの持論であり、新たな組織のコンセプトである。

バルコニーに到着するころには、やっと一人になれた。もうこんなパーティーうんざりだ。外に出てすぐに空を見上げ、ようやくひと息つくことができた。

夜風がそっと頰を撫《な》でる。そもそも僕は貴族という連中があまり好きではない。上の者には頭が地につくんじゃないかと思うほどへりくだり、下の者のことはこれでもかというほど見下す。上の者に頭を下げているときだって、何も心からの行為ではない。隙あらば、いつだってその地位を狙っている連中だ。へこへこしているのはおおよそ、その首を虎視眈々《こしたんたん》と狙っている醜い顔を隠すためだろう。弱肉強食。貴族のほうがよっぽど獣みたいだと僕は思う。

それを人間らしくするために品のいい言動で少しはましに見えるようにしているのだ。くだらない。

さっきの大人たちなんてどうだ。僕の目など、まったく見ていない。それもそうだ。彼らは僕のことなんて見えていないのだ。僕は鎮宮影正《かげまさ》。鎮宮家の跡取りで最近二十歳になったばかり。奴らには権力と金の力を持て余している小虎くらいにしか見えていないだろう。

今なら狩れる、簡単に。そう思われているのだ。まったくもって頭が悪い。本当に、人を馬鹿にするのが得意な連中だよ。

その貴族たちの頂点に立つのが、かつてユグドラシルを率いていた呉島《くれしま》家である。ユグドラシルの失敗が原因で権力が衰えたとはいえ、今もなおその存在は大きい。呉島家の当主、呉島貴虎《たかとら》は、兄さんの親友だった男だ。僕も過去に何度か顔を合わせたことがある。兄さんとは対照的であまり笑わない、厳格そうな奴だと思った。

あの事故の直前も、二人は親密そうだった。

それなのに事故の当日、責任者であるはずの呉島貴虎は現場にはいなかった。

おそらく奴は兄さんの死に関わっている。今思えば、兄さんの死は不可解なことが多い。子供のころはわからなかったが今の僕ならわかる。〝誰かが何かを隠しているのだ〟と。

僕はそれが呉島貴虎だと考えている。

そんな渦中の人物は世界各国を回り、ユグドラシルの残党狩りをしているそうだ。

あの独善的な男がわざわざ自らの手をわずらわせてまでそんなことをしているのが逆に怪しい。必ず僕が奴の化けの皮をはがしてやる。

さっきまで父さんの話でしんとしていたパーティー会場がざわつき始めた。何か始まるのであれば戻らないと。後で会場にいなかったことが父さんにばれてしまうと、非常に面倒なことになる。

何事もなかったかのように静かに会場に戻った。

思ったとおり、何かイベントが始まるらしい。しかし、お目当ての人物がいなかったのか、パーティーは一時中断状態であった。

「一体どこに行ってしまわれたのかしら？」

誰でもいいからさっさと前に出ろよ。こんなパーティー早く終わらせてくれ。会場の端で空気と化した僕に気が付く者は誰もいない。そのほうが気楽でいい。

「そういえば、さっきご気分が悪いご様子で外のほうへ出ていかれましたよ」

広い会場のどこかから司会に投げられた言葉。その一言でさっさと出ていくべきは僕であったと気づかされた。

こんな余興に駆り出されるなんて、打ち合わせになかったはずだけど。完全に空気が壊されてしまった会場。ああ、このままここから逃げ出したい。出口に向きそうになる足をステージのほうに向け、名乗り出た。

ステージに立たされた僕に誕生日おめでとうのメッセージが送られ、二十歳の抱負を発表させられた。こういうことは勘弁してほしいものだな。

サプライズもちゃんと打ち合わせに入れておいてくれ。もうサプライズで喜ぶほど僕だって子供ではない。事前に言ってくれれば空気を壊すことなく、サプライズに喜ぶ二十歳の青年を演じてやるというのに。

パーティーを終えた僕はやはり、父の部屋へ呼びつけられた。用はわかっている。父さんに報告せず会場を出たことを責められるのだ。

今の僕にいくつの痣があると思ってるんだ。治りかけているものだってあったのに。これは明日の飛行機が辛そうだ。

「影正。お前ももう二十歳。立派な大人だ。トルキアに帰ったら見せたいものがある。それがお前の初仕事だ」

それだけであった。期待していたわけではないが、パーティーの空気をぶち壊した件についてはお咎《とが》めはなし。思ったより穏便に済んで良かった。

初仕事とやらはおそらく今後の僕の人生に関わる重要な任務になるだろう。

父さんがわざわざ改まって言ってきたということはおそらくそういうことだ。この仕事の出来次第で周囲が僕に向ける目も多少はましになるだろうか。いつまでも親の光を当てられた子供扱いはごめんだ。まあ、そんなことには気が付かず、親の七光りに甘んじる馬鹿な奴もこの界隈《かいわい》にはいるけどね。

たまに父さんの考えに完全に同調できないときがある。そんな人の光に照らされるのが、僕は嫌なだけだ。

トルキア共和国に戻るとすぐに初仕事の準備にとりかかった。

鎮宮邸の最上階、父さんの部屋へ呼ばれたので、おそらく仕事の話だろうと思い、黒のスーツで向かった。しかし、入るや否やスーツは却下され、着替えてくるようにとのことだ。しかも、なるべく汚い服で来いというわけのわからないオーダーをされた。

ふざけているのだろうか？　それとも病気のせいで、とうとうおかしくなったか？　しかし、なんといっても貴族の上流階級、汚い服など持ってはいない。ましてや、この家にそんな服などない。

初仕事の報告が、この家に汚い服などございません、とはなんとふざけた仕事だろうか。それを告げると、父さんは笑ってそれもそうだと言った。

父さんのその指示の意図はすぐにわかった。僕の初仕事は潜入調査だからだ。

「すぐに飛行機の手配を致します。どの国へ飛べば良いのですか？」

「飛行機はいらない。潜入先はこの国、トルキア共和国だ」

話が見えない。

このトルキア共和国はすでに滅んだ国。ユグドラシルがこの国を焼き尽くしたのだ。

「国民の調査を頼みたい」

今この国に国民なんてものはいない。それは父さんもわかっているはず。

この国にいるのはせいぜい他国ではわけありの流れ者や、放浪者だけ。むしろ表向きはそんな荒廃しきったトルキア共和国の復興をするために鎮宮家は活動をしているのだ。

僕の怪訝《けげん》な顔が父さんにもやっと伝わったか。

「見せたいものがあると言っただろう。この国の地下都市に子供たちを匿《かくま》っている。例の災害を免れ避難してきた子たちだ」

それは初耳であった。

なにせ、あのスカラーシステムの地獄を生き延びることなど不可能だと思っていたからだ。何より、父さんにもそんな良心が残っていたなんて、それが一番の驚きだ。しかし、その後に続く命令により、やはり僕はこの人に失望することになる。

「そこでライダーシステムの実験を行う。お前はそこでこのベルトとロックシードを配り歩くのだ」

ライダーシステムは奇才、戦極凌馬《せんごくりょうま》が生み出した、人類をヘルヘイムから救済するためだ一つの装置だ。

装備した人間の身体能力を格段に上げ、さらに食物を摂取しなくても活動できるようになる優れもの。しかし、ヘルヘイムの脅威が過ぎ去った今、それは過去の遺物。しかも、呉島が血眼になって回収してまわっているとか。

父さんがやろうとしている新世界の創造は呉島にとっては邪魔な思想。

おそらく鎮宮家ごとつぶされる可能性だってある。僕たちがライダーシステムに関われば必ず奴らが鎮宮の尻尾を摑《つか》むに違いない。そんな危険な賭けをなぜ進んでしようというのだろうか。

どうして今さらライダーシステムなんて持ち出してきたのか、僕には見当もつかない。

「ライダーシステムなど、今さら何に使おうというのですか？　ヘルヘイムの侵食は終わったことでは？」

「ライダーシステムを改良し、身体能力の向上に特化したものを作った。一般兵を化け物にできる兵器だ。各国がこぞって欲しがるだろう」

戦争でも起こそうというのだろうか。

数少ないユグドラシルの素晴らしい功績をこの人は人類を減少させることに使うらしい。せっかくヘルヘイムの脅威を免れたというのに。

これではどっちが化け物かわかったものではない。しかし、僕は父さんに意見できるほどまだ地位も名誉もない。

それができるようになるかどうかも、この初仕事にかかっているというわけか。

「地下都市へはこの家の地下から行ける。ライダーシステムも倉庫から持っていけ。すべて使って構わない。すでに安全は確保してある。これは最終実験だ。モルモットたちの調査、および監視がお前の初仕事だ」

モルモット。

その嫌な言葉のせいでつい顔をしかめたくなった。まあいい。この任務に僕があてられたのは運が良かった。死者を出さないように手を回すことができる。

父さんとの話を終え、すぐに仕事が始まった。最上階から最下層へ。普段は近づくことすらないそこには、見たこともないような最新の機器がひしめいていた。

匿っている、なんて響きのいいことをよくもぬけぬけと言えたものだ。

それは子供たちを守るものではなく、人体実験をしている秘密を守るためのものであった。つまり、この地下には実験のための施設が展開されているということか。なんという非道なことを。

3

地下室から子供たちのところへ行く通路の扉は万全を期した最新型のものであった。

子供たちを守るため、なんて初めから考えていないのだろう。中の子供が外に出ることも、外部の人間が易々と侵入することもできない、まさに秘密の実験施設の入り口であった。

大きな扉は人が一人入れるくらいだけ開き、僕が入るとすぐに閉まった。護衛に何人かついてこようとしたのでそれは断った。潜入調査にそう何人も人はいらない。

地下都市に入ってすぐは長い通路が続いた。通路というより洞窟《どうくつ》に近い。ようやく見えてきた行き止まりの壁を少し叩《たた》くと扉として開いた。岩の壁に見えるようにカモフラージュが施されている。

初めて足を踏み入れた地下都市は、無法地帯と言ったほうがしっくりくる。

太陽の光が届かないそこは薄暗く、あたりは岩の壁に囲まれ、天井が落ちてこないように多少の補強工事の跡は見られるが何年前のものか、おそらくメンテナンスなどは行っていないだろう。

この地下都市、つい最近できたものとは思えない。

所々建物があり、中に入ると確かに何かの実験をした跡が見られた。

ここは実験施設だったのだろう。水も出る。電気もガスも通っているようだ。とはいえ、最低限の人間の生活ができる、くらいのレベルだ。こんなところに本当に人が暮らしているのか。しかも、父さんの話からするとそれはまだ子供だという。僕には信じられない。

地下都市に入る前に部下から少し説明を受けた。

ここでは少ない物資を奪い合い、毎日のように喧嘩《けんか》が絶えないそうだ。〝子供の喧嘩だろう〟と僕がつぶやいたことに対して、部下は侮らないほうがいいと苦言を呈した。

大の大人が情けないとも思ったが、彼と同義のことを他の者からも言われた。

争いの絶えない状況下で、子供たちは徒党を組み、ときには助け合ったりときには奪い合ったりして生活しているようだ。

それをチームと呼んでいるらしい。

なるほど。子供にしては頭が回る奴がいるみたいだな。

数あるチームの一つ、バロック・レッド。彼らは他チームにはない人の数と力で最大勢力を誇っている。

そのリーダーとしてチームの先頭に立つのはグラシャというまだ幼さの残る少年だそうだ。彼は圧倒的な武力で多くの者を従わせ、威圧的な言動で地下都市では恐れられている存在だ。バロック・レッドの理念はいたってシンプルだ。〝強い〟こと。ただそれだけである。上に立つリーダーが腕っぷしでまとめたチームなのだ。そうなるのは必然であろう。

地下都市の散策を続けていると、少年の怒鳴る声が聞こえた。喧嘩だろうか。声のするほうへ向かうとちょっとした人だかりができていた。集まっている人々は確かに皆子供ばかりであった。

僕の目にはそれが異様な光景に映っていた。そして、それらの中心にいる彼らもまた、子供であった。

「グラシャ！　てめー、もうバロックは基地を持ってるだろう！　妙な因縁つけてんじゃねえぞ！」

「少々手狭になってきてな。うちはお前たちのチームと違って人気チームだからな」

グラシャと呼ばれた少年は、おそらく歳《とし》にして十四、五といったところか。

どうやらこの少年が地下都市の最大勢力を有するチーム、バロック・レッドのリーダーのようだ。対する別チームのリーダーらしきほうは体も大きく歳も上だろう。

そして、チーム同士の殴り合いの喧嘩は始まった。子供の喧嘩にしては少々物騒だな。血が飛び散り、地面に突っ伏し起き上がれない者もいる。これは実験がなくても死人が出そうだ。

「口ほどにもない。あのエリアは今日から俺たちの基地だ」

喧嘩が日常茶飯事というのはどうやら本当のことらしい。そして、その原因はおそらくあのグラシャという少年の気性のせいもあるだろう。あの様子だと毎日喧嘩に明け暮れていそうだ。

「おいおい、随分派手にやられたな」

「サイモン！」

喧嘩が終わり、野次馬が退散しようかというとき、新たな少年が現れた。

少年というより彼は青年に近い年齢だろうか。グラシャより大人びて見える。それが、〝サイモン〟であった。

「ついてこいよ。しばらく俺たちの基地を貸してやるから」

彼は負けたチームの連中に手を貸し、声をかける。

それがどうしても気になり、近くの野次馬の一人に聞いてみた。

地下都市の者との接触は避けるべきなのはわかっていたが、どうしても聞かずにはいられなかった。

「彼は？」

「……ああ。オレンジ・ライドのサイモンじゃねえか」

サイモンと倒れている彼らとはおそらく仲間というわけではないのだろう。なんだか会話がぎこちない。

「どうして戦わないんだ？」

「そりゃ、オレンジ・ライドは〝戦い嫌い〟だからな。あんた何も知らないんだな」

しまった。少々聞きすぎたか。

疑われてはまずいと思い、念のために持ってきていたローブのフードで少し顔を隠した。

「体が弱くて、あまり外には出ないんだ」

苦し紛れにそう言うと、僕の顔を覗《のぞ》き込もうとしていたそいつは、興味なさげに相槌《あいづち》を打ち、すぐに引き下がってくれた。


この男は聞けば聞くほど、なんでも教えてくれる。初めにこういうのと出会えたことはラッキーだった。その男から、様々な情報を得た。

チームは大体十から十五ほど。吸収されたり、つぶされたり、新チームができたりを繰り返し、毎日のようにその数は変動しているらしい。しかし、オレンジ・ライド、バロック・レッド、グリーン・ドールズの三チームだけはできた当初から変わらず勢力を拡大させている。

子供たちがこの地下都市に移ってすぐに、やはり食料や衣服、寝泊まりする場所など、必要物資の枯渇に悩まされた。

初めは少ないそれらを分け合っていたものの、意見の対立や相性の合う合わないにより、チームが何個にも分かれてしまい、今の状況があるそうだ。

戦って食料や住み処《すか》を奪い合っているのが現状である。

食料は上から落ちてくるものだけという。

おそらくではあるが、父さんが死なれては困る貴重なモルモットたちを生かすために、死なない程度に食べ物を与えているのかもしれないと考えたが真相はわからない。

ならば、その勢力争いに乗じてライダーシステムを各チームに流すことが、僕のミッションだ。

僕にはライダーシステムのその後の経過を観察する任務もある。ライダーシステムを彼らに与える僕と、この地下都市に生きる子供の一人として潜入調査をする僕、二人の僕が必要だ。

一度屋敷に戻り、ライダーシステムを子供たちに与えるディーラーとしての身なりを整えた。

ディーラーらしくスーツを身にまとい、髪も整えた。顔はすでに何人かに見られたからな。どうしたものかと考えていると、家の壁に飾られていたちょうどいい仮面が目に入った。そうして僕は仮面の男となった。

まずは今日負けたばかりのあのチームからだ。

「基地を取り返したくはないですか？」

初めて僕を見た彼の反応は驚きを隠せないようであった。

それもそうだ。今まで何年も野放しにされていたはずの地下都市に急に大人が現れ、自らの望みを言い当てたのだから。

そして、僕はこの少年の弱みにつけこみライダーシステムを与えた。

もちろん、すぐには首を縦に振ってはもらえなかった。でも、僕は食い下がってライダーシステムを使ってみるように促した。

少年は半信半疑ながらもその力を使ってみることにした。

結果は〝圧勝〟だった。しかも、その相手は、地下世界最強である……あのグラシャである。

僕の思惑どおりだった。

〝この価値を知ってしまえばもう手放すことなどできない〟

の手に広まった。

ある者は強さを求めて、またある者は己自身を守るため、そしてある者は他人を守るために。

4

そこからのことは言うまでもない。あっという間にライダーシステムはすべてのチーム

ディーラー・仮面の男としてそれぞれのチームと接触したことでだんだんと見えてきた。彼らの求めるものや、考え方、性格、チームの力関係。やはり最も警戒すべきはオレンジ・ライド、バロック・レッド、グリーン・ドールズの三チームであることは間違いない。

そしてその上位三チームは当たり前のように、それぞれ一つずつベルトを有している。その他のチームは数に限りのあるベルトを奪い合い、つぶれたり、新しくできたりを繰り返していた。

一番意外だったのはオレンジ・ライドのリーダー、サイモンがいち早くベルトの入手に動いたことだ。戦い嫌いと言われる彼らはこういった情報には疎いと思っていたのだが。

どうやら侮れない奴がいるみたいだ。

数日かけて、すべてのライダーシステムを配りきった。

僕の手元にあるのは何個かのレアなロックシードのみ。もしもの場合に備えて、切り札は残しておかなければ。

ライダーシステムは人間を強くするものではあるが、要は鎧《よろい》のようなもの。きっと子供たちを守ってくれるだろう。そもそも子供に殺し合いなどできない。

データさえとれれば、ライダーシステムを取り上げて鎮宮家の人間の手が及ばない安全な保護施設にでも入れてやればいい。


ライダーバトルは超人同士の戦いだ。

地下都市のあらゆる場所で激しい戦闘が行われたものの、いまだに死者が出ることはなかった。

父さんへの報告も変わりない。経過は良好。ライダーシステムに問題なし。死者はゼロ。その報告をいつも眉一つ動かさず聞いているが、何を考えているのかはさっぱりわからない。「そうか」この一言で終わりだ。この任務、さほど重要ではないのだろうか。

この地下都市に潜入するのも慣れたものだ。しかし、僕が隠し扉から出てくることがばれてしまえば、違う暴動が起きるだろう。

僕は彼らをこんなところに閉じ込めている貴族だ。それだけは隠し通さねばならない。

今日はディーラーとしてではなく、潜入調査をする。おそらく変わりないだろうが、各チームの現状はなるべく把握しておきたい。もちろんライダーシステムの性能もだ。

まずは激しい戦いの音がするほうへ行ってみよう。


いくらか歩いたがいっこうに戦いの場は見えてこない。

一体どんな戦い方をすればこんなに離れたところまで音がするのだろうか。地下都市が閉鎖空間であるため、音が響きやすいということを差し引いても随分と派手だ。

おそらく戦っている一方はグラシャだろう。そういえば以前の取引の際、グラシャ率いるバロック・レッドとグリーン・ドールズが手を組むという話をフォラスから聞いた。


フォラスはグリーン・ドールズのリーダーである。

グリーン・ドールズは地下での三大勢力の一つ。彼の得意とするところは頭脳戦だ。フォラスは非常に頭が回る。戦い方も他のチームのように真っ向から攻撃を仕掛けるだけでなく、奇襲や何かしらの工夫を凝らした戦い方をしていることが多い。

チームの連中もフォラスのその頭脳を信頼しているのだろう。

彼の立てた作戦を忠実にこなしている印象だ。また、常に数名の女性を傍らに置いているのもフォラスくらいだ。

「ねえ、ディーラーさん。おたく、ちょっとグラシャを贔屓《ひいき》しすぎじゃない？」

この間の取引の際、そんな話を投げてきた。頭が回るゆえか、大人をからかうような言い回しも彼特有のもの。

「俺たち、バロックと手を組むことにしたんだよ。つまり、俺たちはグラシャの仲間ってわけ。だからさ、俺にも強いロックシードちょうだいよ」

特に問題ないため、こちらで残しておいた分のロックシードを一つ与えた。


戦いの場についたとき、相対していたのはグラシャとフォラスであった。

「フォラス。お前との交渉は決裂だ」

「協力しようとは言ったけど、背後から攻撃を仕掛けないとは言ってないからね」

グラシャとフォラス、バロック・レッドとグリーン・ドールズが戦っているようだ。グラシャは昨日もその前も違う相手と戦っていたはずだが、本当に好戦的な奴だ。会話の内容から察するに、仲違《なかたが》いを起こしているようだ。

確か手を組んだと聞いていたのだが、おおかた、フォラスが裏切ったのだろう。

「俺たちでオレンジ・ライドをつぶす話は嘘だったということか」

「そのつもりだったけど、お前が俺の作戦を無視した行動ばかりするからな。気が変わったんだよ」

オレンジ・ライド、というよりはサイモンを倒すことが目的で共謀したようだ。二人にとってサイモンは目の上のたんこぶといったところだろうか。

グラシャもフォラスも、トップチームのリーダー。

二人が強いことはまず間違いない。しかし、それでもオレンジ・ライドを倒せないのは、チームのリーダー、サイモンがとにかく強いからである。

その二番手、アイムも腕がいいと聞いたが、なにせ戦っているところを見たことがない。というのも、ほとんどの戦いをサイモン一人で片付けてしまうからだ。

さらに彼は平和主義者。この地下都市に集められた子供たちが、右も左もわからず戸惑っていたところをまとめたのもサイモンだったとか。しかし、グラシャ、フォラスを筆頭に少しずつ離れていく者が出始めた結果、今のチームという形になったらしい。

「貴様っ！」

グラシャがフォラスに飛びかかる。フォラスが待ってましたとばかりに武器を構えた。先日僕が与えたロックシードを試そうという腹だろう。

いつもはグラシャと真っ向から争うことなどしないフォラスが不敵な笑みを漏らしている。グラシャの持つ力、バロンの武器、バナスピアーがフォラスの急所めがけて突き刺さるかという直前、フォラスはそれをドンカチで防ぐとその勢いのままグラシャを押し返した。

　そして戦いはまた激化した。斬撃の音がやまないほどお互いに技を繰り出し続けている。

　特にグラシャはフォラスが何か仕掛けようとしているのがわかっているのか、フォラスに考える隙さえ与えないようにしている。

　それに対してフォラスは焦りが見える。二人ともよく戦い慣れしている。動きが他のチームのリーダーとはまるで違う。

　戦いがいよいよ持久戦に持ち込まれるかと思ったそのとき、二人の間に一人の男が割って入った。速くてまったく見えなかった。アーマードライダーとなり、二人の動きを止めた後、軽く突き飛ばし、その人物は変身を解いた。

〝彼〟はいつもこうやって登場するのだ。

「お前たち、またやってんのか。チビたちが怖がるからやめろって言ってんだろ」

　ヒーローさながらの登場で、喧嘩の仲裁に入った。

　突き飛ばされたグラシャ、フォラスもひっくり返ってはいたが、受け身をとってすぐに起き上がってきたのでそこまで強い力ではなかったのだろう。

「またかサイモン！　いつもいつも俺の邪魔すんなよ！」

吠《ほ》えるフォラスと、睨《にら》むグラシャ。まるで犬だ。

「またかはこっちのセリフだ、フォラス。グラシャ。ほら見てみろ、チビたちが泣いてるだろう？」

サイモンの指さすほうに目を向けるとそこには彼らよりもさらに幼い、小学生くらいだろうか、そんな子たちが数人、ぐずっている子も、目をキラキラさせて見ている子もいるが、まあ血が流れている時点でどちらにせよ教育的にはよろしくないだろう。

その子供たちを目にしたグラシャだが怯《ひる》む様子もなく、さらに目を吊《つ》り上げて威嚇した。

「だから何だ。泣いていたってどうにもできない。サイモンばかり頼ってるんじゃないぞ。いつだって頼れるのは己自身だけだ」

「おいおい、チビっ子を虐《いじ》めるなよ」

喧嘩の空気は完全に拍子抜けといった感じだ。

彼一人が加わるだけでこんなに変わるのか。今では殴り合う者もいない。ましてや笑っている者すらいる。

グラシャの言い分を聞いて、少し考えた後にサイモンは優しく笑った。まるで弟分か何かに話しかけるようだ。

その目は敵チームであるはずのグラシャに向けられている。

「でもな、頼ってくれていいんだぜ。もっと人をさ。人間はどうせ一人じゃ生きていけねえんだ。だったら頼るのも頼られるのも、好きにすりゃいいじゃねえか」

「それは弱い奴のすることだ」

それでもグラシャは譲る気はないみたいだ。彼にも揺るがない何か強い意志のようなものが感じられる。

「弱くていいじゃねえか。そいつにはそいつにしかできねえことがある。人によって主役になれるステージは違うんだ。それまでは頼ればいいんだよ」

サイモンの明るくあっけらかんとした物言いにグラシャは言い返すことをせず、仲間を連れて帰っていった。サイモンを最後まで睨みつけながら。

一方フォラスも呆《あき》れた様子で捨て台詞《ぜりふ》を残して帰っていく。

「サイモン。俺と手を組んでバロックの連中をつぶしたくなったらいつでも言ってくれ」

サイモンの登場で緊迫した現場はすぐに片付いてしまった。

この地下都市を支配しているのは間違いなくサイモンだ。しかし、同じ支配者であるのに父さんとはまるで違う。

サイモンが小さな子供たちに膝をついて話しかける姿が、僕が幼いころ、兄さんが腰をかがめて話しかけてくれた姿と重なった。

彼はもしかしたら、空っぽになった僕の新たな希望なのかもしれない。

5

気が付けば、サイモンが一人になるのをひたすら待っていた。

後をつけては隠れ、それを何度も繰り返して、もう何時間が経《た》っただろうか。サイモンは一人になるどころか、常に人に囲まれていた。その誰もが笑顔で彼に話しかけるのだ。

「リーダー!」

オレンジ・ライドの基地の近く、彼をリーダーと呼ぶのだ、間違いなくチームメイトだろう。

「アイム!」

サイモンは振り向きざまに嬉《うれ》しそうにそのチームメイトの名を呼んだ。しかし、サイモンとは対照的にアイムと呼ばれた少年は、どう見ても怒っているようだ。そのままサイモンはアイムを含めた三人に囲まれてしまった。

「あんた、また勝手に戦いに行っただろ! どうして俺たちも連れていってくれないんだ!」

「そんなに俺たちのことが信用できないのか?」

確かに、アイムも他の二人も武器を持ち、戦う準備はできているようだった。オレンジ・ライドの平和主義は他でもない、サイモンのおかげだったのか。

「アイム、パイモン、グシオン。お前たちのことは信用してるし、これ以上ない心強い仲間だと思ってる。助けてほしいときはちゃんと言ってるだろ？」

「そんなの！　水汲《く》んでこいとか、資材集めとかばっかりじゃねえか！」

アイムはサイモンに詰め寄るが、当の本人はそれを笑っていなす。

結局、アイムたちのほうが先に折れてしまった。そして用事があるから先に帰ってくれというサイモンに彼の仲間たちは渋々従った。

「さて、そろそろ出てこいよ」

アイムたちが去った今、この場には誰もいないはずだが。あたりを見ようと少し物陰から顔を出すと、目の前には僕がずっと追っていたその人物がいた。

「お前だよ」

まさか僕の尾行術が見破られるとは思ってもみなかった。

想定外の事態にあまり思考が追いついていない。何を言えばいい。

「どこのチームだ？　ちゃんと戦ってやるから奇襲なんてせずに真正面から来いよ」

まずい。どうやら敵だと思われているらしい。それは想定しうる中で最もまずい間違われ方だ。今後の接触が難しくなると共に、これからディーラーと潜入調査、二重の人間を演じていくうえで無用な詮索をされたくない。

「チームには入っていない」

「じゃあ、オレンジ・ライドに入りたいって奴か?」

そんなことをすればミッションの遂行が難しくなる。

僕が悩めば悩むほど、サイモンの顔も険しくなる。そこで腹をくくって話を持ちかけてみた。

「チームには入らない。でも、僕はあんたの考えに賛同している。あんたに協力したい」

嘘は嘘でも本音の混じった嘘だ。初めは目を丸くして、少し驚いているようだったが、すぐに話に乗ってくれた。

うまくいくかどうかは五分五分だ。

場所を変えようと提案され、素直についていく。彼のことだ。殺されたりはしないだろう。

オレンジ・ライドの基地から少し離れた場所、周りに人はおらず、誰かが通りかかることもなさそうだ。

すぐに本題に入った。

サイモンのどんな考えに賛同しているのかと聞かれ、間髪いれずに答えた。こういう核心をついた質問にはなるべく早く答えるべきだと、これまでの経験から僕は知っている。

「あんた、平和主義者だろ？　僕も戦いは好きじゃない。僕はここを出る。あんたも一緒にどうだ」

魅力的な提案だろう。サイモンはこんなところでくすぶっているべき人間ではない。外に出て、もっと大きなステージで活躍する、それが世界のためだ。兄さんのように。

サイモン一人くらいなら、外に出すことも可能だろう。

父さんに見つからないように外に出てさえしまえば後は僕がなんとかしよう。

彼はふと笑顔を見せた。僕は了承を得たのだと思った。それはこんな願ってもない提案をされて嬉しい、そういう顔だと思った。

しかしそれはまったくの見当違いであった。僕は彼のことを全然わかっていなかったのだ。

「もちろん、いつかはここを出るつもりだ。でもそれは俺だけじゃない。皆で一緒に、だ」

それなら、実験が終われば僕がするから、と思わず口に出しそうになった。

危ない。僕が貴族でここの人間を使って実験をしていることはトップシークレットだ。

言ってはいけないことをうっかり言ってしまいそうになるほど、僕はむきになっていた。それは彼が兄さんの生き写しのような完璧な人間に見えて仕方ないからだ。もう、こういう人間を世界は失うべきではない。

「皆で一緒にっていうのは現実的なのか？」

「ああ」

サイモンは力強くそう言いきってみせたが、僕にはわかる。それは嘘であると。

なぜならここは出口のない、完全不落の牢獄《ろうごく》であるからだ。

あるとすれば、遥《はる》か上のほうに見えるいくつかの穴。そこから少しだけ太陽の光が漏れている。ここはよく物が落ちてくると言っていた。それはあれらの穴からゴミを捨てるように落としているのだろう。

そこで、もしかしたら鎮宮邸と繋《つな》がるあの隠し扉を見つけたのだろうかとも考えたが、だとしても問題ない。僕の使っている出入り口を見つけたとて、かなりのセキュリティ対策をしてある。何も知らない者があそこを通れば、すぐに本部へ、そして父さんにもその情報が伝わるといった仕様だ。

でも僕ならセキュリティを一時的に切り、サイモン一人くらいなら外での生活も保障できるだろう。しかし全員となると、一体何人になるのか。

それにグラシャやフォラスといった一筋縄ではいかないだろう奴らも含めているのだとしたら、なおさら全員は連れていけない。

それでも方法があるというなら是非に聞いてみたいものだ。

「俺たちをここに閉じ込めている黒幕を倒す。皆の力を合わせてな」

驚いた。僕は、ここから逃げ出すことしか考えていなかった。

しかし、サイモンが出した提案はまったく逆のもの、逃げるんじゃない、戦うという方法だった。

「黒幕は誰かわかっているのか？」

「いや、貴族ということ以外は何も。ただ、足掛かりは見つけた」

彼の目がキラリと光ったのがわかった。聞いてくれと言わんばかりの表情だ。逆に僕は背中に嫌な汗が流れた。

「最近現れたロックシードのディーラーだ。奴は必ず黒幕と繫がっている」

嫌な予感はやはり的中した。

サイモンに僕の正体を暴かれれば僕は終わりだ。任務失敗のうえ、無事に帰ることができるのかもわからない。言葉選びを慎重にしなくては。

しかし、作戦の前段階でこの情報を得られたのはある意味幸運だったかもしれない。作戦の修正ができる。ディーラーとしての動きは少し控えるか。

「お前はどうなんだ」

考えを巡らせていた僕は、唐突に言葉を突きつけられた。

「ここから出る方法があるんだろ？」

今日の僕は愚かだったと心から言える。軽率に相手のリーダー格に近づいたことも、あまつさえ、接触を図ったことも。そして少々喋《しゃべ》りすぎたことも。

「隠し扉を見つけた」

怪訝そうな顔だ。僕を疑っているのだろう。それもそうだ。彼からすれば僕は初対面だ。

「なぜそれを俺に教えてくれるんだ」

「安全な道かどうかわからない。僕は戦えないから強い奴が必要だった」

「なるほどな。護衛ってわけか」

どうやら納得してくれたみたいだな。疑いが少し晴れたようだ。そこでやめればいいものを、なぜか僕はその後、言葉をつけ加えた。

「あんたは似てるから、信用できそうな気がした」

僕はどうかしていたんだろう。

そんなことを言われれば、誰だって質問を返してくる。誰に似ているんだと。案の定、サイモンも聞き返してきた。だから兄だと答えた。

疑り深く僕を注視していたサイモンの目が少し柔らかくなり、会ってみたいと言い出した。しかしそれはできない。あの事故で死んだと言うと、突然申し訳なさそうに謝られた。

「なあ、お前の名前はなんていうんだ」

まさか鎮宮影正と名乗るわけにはいくまい。とっさに影正からとって、〝シャドウ〟と名乗ってしまった。

「シャドウか。俺たち、仲良くなれそうだな。チームに入らなくてもいいから、いつでもオレンジ・ライドに遊びに来いよ」

サイモンが去っていく背中を見ながら、兄さんのことを考えた。

兄さんも彼と同じようにいつも笑っている人だった。

どうして二人ともあんなに強くいられるのだろうか。

サイモンと話せば、兄さんの強さの秘訣《ひけつ》もわかるだろうか。

6

ディーラーとしての僕は、シャドウのときとは打って変わってとても人気者だ。

いつも様々なチームのリーダーやその側近が接触を図ろうと躍起になっている。ディーラーは彼らにとって神出鬼没。少しでも他のチームを出し抜くために僕が配り歩くロックシードが必要不可欠なのはわかるが、そのために常時僕を見張り、尾行をするのはやめてほしいものだ。

隙あらば、ロックシードが入ったこのスーツケースを強奪しようとさえしてくる。まさに無法地帯。おちおちトイレにも行けない。

僕がディーラーとしてここで活動を始めたとき、彼らには地上で開発された武器の試験運用に協力してほしいという名目で近づいた。新開発された武器、すなわちライダーシステムを使用した後、使用者の身体検査をさせてもらう。その代わり、彼らには最新の武器が与えられる、と。

もちろん、そんな怪しい話を初めは誰も信用しなかった。

おまけに僕の身なりも黒いスーツに仮面で顔を隠した怪しい奴だ。なおさら話など聞いてもらえない。

しかし僕には確信があった。たった一人でいい。多くの観衆が見守る中、例の喧嘩の場でアーマードライダーの力を披露すれば、その素晴らしさをいくら子供であろうとすぐに理解するだろう。

天才、戦極凌馬の傑作にはそれほどの力があると自負していた。

問題は誰にその役を引き受けてもらうかだ。そこでグラシャに敗北したばかりの彼に目をつけたのだ。

彼が地下都市で初めてアーマードライダーとなり、いとも簡単にグラシャを倒してしまったとき、子供たちには激震が走ったことだろう。負けた直後、すぐにグラシャもライダーシステムを手に入れた。

「ねえ、ディーラーさん。ディーラーさんってなんでこんなことしてんの？　ライダーシステムってどこの国が作ってるの？」

今日の商談相手はグリーン・ドールズのフォラスだ。

ディーラーとしての僕は、この地下で、トルキア共和国ではない他国から遣わされた使者ということになっている。

フォラスとの商談はいつも本当の商談のようであった。

常に交渉内容を引っさげて、あの手この手で僕から何かを引き出そうとする。

最近の彼の興味はもっぱらライダーシステムと僕自身のことについてである。ディーラーとしての僕はなるべく無口に徹し、必要最低限の言葉しか発さないように心掛けている。ゆえにフォラスからの質問はそのほとんどを沈黙を貫き通すことで乗りきっている。

今日もフォラスは何も語らない僕をロボットみたいだと揶揄《やゆ》し、口を尖《とが》らせたまま商談は終了した。

次はグラシャのところだ。採血に行くときは僕ではできないので部下を連れている。

血液検査はライダーシステムに問題がないかを精査するために使用者全員に実施している。それから簡単な健康診断もだ。それも資格を持った者に任せるため、同行させることがある。もちろん、鎮宮の息のかかった者だ。

彼らは部下といえど、どちらかといえば父さん側の人間。僕の様子を観察することも兼ねているのだろう。僕にやましいことはないが変な勘繰りをされることだけは避けたい。特にサイモンと頻繁に接触していることなどは、なるだけ隠しておきたい事柄の一つだ。

グラシャの採血が終わった。グラシャは出会ったときから変わらない。相変わらず、終始僕を睨んでいる。出会ったとき、初めに問われた質問を今でも鮮明に覚えている。

「お前は貴族か？」

あのときの鋭い目と低い声。貴族がこの地下都市ではどういう存在なのかを思い知らされた。貴族に強い恨みを持つらしい彼は、あのころから、地上から来たという僕を激しく嫌悪していた。

貴族によって自らの国を焼き尽くされ、貴族によってここに閉じ込められている彼らにとってはとんだトラウマもの。貴族というワードを出すだけでも、あまりいい選択とは言えないのだ。

バロック・レッドへの訪問が終われば、今日の僕の任務は完了だ。一時帰宅をし、部下にも帰るよう指示をした。部屋に戻り、シャドウの姿に着替えて、僕だけはまたあの場所へと舞い戻った。

またどこかで大きな音がした。

地下都市は閉ざされた空間のため少々離れた場所の音でもよく聞こえる。爆発音や破壊音に交じって、ライダーシステム独特の機械音が混じっているということは、またどこかでライダーバトルが行われているようだ。

こんなに激しい戦いを毎日しておいて、誰一人死んでいないのはひとえにサイモンの功績だと言えよう。それに子供が人殺しなんてできるわけがない。

「おう、来たかシャドウ」

サイモンとはあれからよく会うようになった。しかし、あまり人目に触れたくないのでなるべく密会という形をとっていた。作戦会議をしたいから、人目につかないところで会おうと言えば彼はすぐに承諾してくれた。

「例の黒幕については何か摑めたのか」

僕はサイモンを、任務の邪魔をする可能性のある危険因子として観察する義務がある。誰に言うわけでもない言い訳をしながら彼に会う僕は、僕自身の目から見ても親の目を盗んで悪さをする子供のようだと思う。

どうやらサイモンも鎮宮家のことは何も摑めていないようだ。心のどこかで安堵《あんど》している自分に嫌気がさす。僕は一体何がしたいのだろうか。

サイモンと会うと、よく兄さんの話になる。

鎮宮家の中では兄さんの話はご法度とされ、まるで兄さんを忘れたかのように、誰もその話に触れようとしない。

僕の中で、兄さんの存在はこんなに大きいのに、忘れることを強要され、僕の心はあの家でどんどん死んでいった。

しかし、サイモンは僕のどんな話にも耳を傾ける。

そして、サイモンの話も、興味深いものばかりであった。僕が今まで過ごした貴族の生活とはまったく異なる人生、面白くないわけがない。

僕たちは多分、友人になっていたのだろう。僕はたまにサイモンが観察相手であることを忘れるときがあった。

オレンジ・ライドの基地にも一度だけ行かせてもらったことがある。仲間を一人一人丁寧に紹介され、仲が良いことは一目でわかった。

お互いに完全に信頼し合っている彼らを見ていると、兄さんとその友人、呉島貴虎を思い出す。

僕はあいつが嫌いだが、彼らは互いの夢をよく理解し合い、この国の未来を語っていた。子供のころ、物陰からその二つの背中を見ていたことがある。子供ながらにその関係性はとても特別なもので、素晴らしいものなのだろうと感じていた。

今、僕はサイモンとそんな関係になれているだろうか。僕にとってサイモンは生涯の友となる、そんな予感がしていた。

シャドウとして生活しているときはサイモンの隣を歩くことが多かった。

サイモンが目立つせいで僕もちょっとした有名人となっていた。こんなこと、父さんにばれでもしたら大目玉を食らうだろう。一体あの杖でいくつの痣をつけられることやら。

「君は一人でなんでもできるのに、どうして皆にこだわるんだ」

そんな質問をしたことがあった。サイモンや兄さんが強い理由を知りたくて、かねてから聞いてみたいと思っていた。答えは簡単だった。

「どうしてだろうな。でも、一度関わっちまったんだ。放ってはおけねえよ」

この時点で僕には一つ、今までの僕らしからぬ考えが浮かんでいた。この地下都市の子供たち皆を助け出したい。

これが僕の〝ノブレス・オブリージュ〟。

僕の生きている意味がやっと見出《みいだ》せた気がした。

それからの僕は、彼らを助け出す方法を何パターンも考え、その後の生活まで含めた膨大な資料の山を作った。

地上での生活よりも、地下にいることが心地よくなり始めていた。

そんなぬるま湯につかっていたせいで、僕はグラシャの異変に気が付けなかったのだ。

7

その日もシャドウとして地下に向かおうとしたとき、父さんから急な呼び出しを受けた。

最上階に向かう途中、あらゆることを考え、冷や汗が流れた。しかし、それは杞憂《きゆう》だった。話はなんてことない、任務の終了を告げられたのだった。

「そろそろ任務を終えて構わない。残りのロックシードをすべてばら撒《ま》き、それらの実験、観察を終えたら帰還しろ」

僕の任務が終わるらしい。

思っていたよりも早く終わった。実験が終われば彼らは解放されるのだろうか。それなら、サイモンたちと地上を歩ける未来もそう遠くないかもしれない。

一度、サイモンの夢を聞いたことがある。外に出たら世界中を旅して回りたいそうだ。外にさえ出られればそんなの簡単だ。僕が支援したっていい。

さあ、彼らに会いに行こう。

シャドウとなり、地下に入ってライダーバトルを見ていた。

ライダーバトルはこのシステムの良し悪しを確認するのにとてもわかりやすい。今まで見てきた結果、異常はないようだから、特に注視する必要もないのだが、任務は任務だ。最後まで見届けなければならない。

戦っていたのはグラシャであった。

性懲りもなく、戦いが好きな奴だ。しかし、その戦いはいつもと様子が違っていた。急にグラシャの戦闘相手が変身を解き、胸を押さえて苦しみ始めたのだ。

グラシャが攻撃をしたわけではない。

その苦しみ方は異常で、演技ではないことはすぐにわかる。いつものように仲裁に入ったサイモンが苦しむそいつに付き添っている。

ライダーシステムの異常だろうか？　すぐに確認しなくては。その場から離れようと、彼らに背を向けたそのとき、ふと変身を解いたグラシャがこちらを見ているのに気が付いた。

その目は、ディーラーをしているときの僕に向けられている鋭い目と同じものだと気づき、背中がぞくりとした。

とにかく異常の報告と、原因究明のため、一度屋敷に戻る。

その道中もグラシャのあの目が忘れられなかった。僕の正体を見透かされているような気がする。背中に暑さのせいじゃない汗が流れた。

いつもの隠し扉の前に辿《たど》り着いた僕が見た光景は信じられないものだった。何人もの父さんの部下が大きな機材を持ってそこに立っていたのだ。

その中には、ここで僕に同行していた見知った顔もあった。そいつを捕まえ、話を聞くと父さんの指示で今からここにカメラやスピーカー、プロジェクターを何台もとりつけるとのこと。一体何の真似《まね》だ。

「父さんは何を考えている?」

「影正様は早く戻るようにとのことです」

事態が呑《の》み込めていないのは僕だけか。まるで父さんの手のひらで転がされているようだ。何か悪い方向に進み始めている気がする。

「やはり貴様、貴族の手下だったのだな」

その声で我に返り、振り向いた。グラシャはベルトをつけ、一人でそこに立っていた。

「貴様はあのディーラーだろう」

言い逃れできない。そう確信した。

貴族嫌いのグラシャが僕を許すわけがない。そして、黙秘することも許されない。

僕の答えなど待たずにグラシャはアーマードライダープロトバロンに変身し、向かってきた。殺されると思った。

バナスピアーを大きく振り上げ、丸腰の僕の頭上に振り下ろした。死を悟り、強く目を閉じる。

いっこうに攻撃は来ない。ゆっくり目を開けると、アーマードライダープロト鎧武《ガイム》となったサイモンが僕を庇《かば》ってそこにいた。

無双《ムソウ》セイバーでグラシャの渾身《こんしん》の一撃を押し返し、グラシャも一度後ろに引いた。

「グラシャ！　シャドウに何してんだ！　そんなことしたら死んじまうだろう」

「お前は騙《だま》されている」

口数の少ないグラシャのその言葉がサイモンには理解できなかった。

ただわかることは一つ、丸腰の友人が殺されかけているということだけだ。いや、たとえ友人でなくても目の前で誰かが傷つけられそうになったら彼は助けに入るだろう。それが悪党だとしても。サイモンはそういう人間だ。

サイモンが立ち塞がっていようと、グラシャの僕に対する殺気は消えなかった。サイモンごしに僕をしっかりと見据え、殺す機会を窺《うかが》っている。

子供だと侮ってはいけない。彼の貴族に対する憎しみは想像を絶している。サイモンが現れなければ、今頃バナスピアーの切っ先は僕の頭を砕いていただろう。

サイモンだってグラシャのただならぬ殺気に気が付いているはずだ。一筋縄ではいかないことがわかったのか無双セイバーを持つ手に力が入った。それを合図に二人は戦闘を開始した。

「逃げろシャドウ！」

サイモンが僕に向かってそう叫んだ。

目の前には隠し扉がある。そしてそこには地下都市には似つかわしくない大人たちもたくさんいる。その中に逃げ込む僕を見ればきっとサイモンだって疑うだろう。殺される恐怖と希望を失う恐怖、どちらも僕には選べない。迷いが足を止めた。そんな僕にサイモンは再度声を荒らげる。

そんな中でもグラシャが手を休めることはなかった。

サイモンに向かって力を込めた一撃を放つ。サイモンはまたもや僕を守って、その攻撃の軌道を変える斬撃を放った。

両者一歩も引かず、無双セイバーとバナスピアーが激しく音を立てて交わる。そうしてグラシャがとうとう僕の一番恐れていたことを口にした。

「友情ごっこもいい加減にしろ。あいつの正体は仮面のディーラーだ。そして、貴族の手下だ」

サイモンはグラシャを止めながら、後ろにいる僕を見た。今の僕はどんな顔をしているのだろうか。その場ですぐにそんなわけがないと言えれば良かったのだけれど。

「影正様、お逃げください‼」

石のように固まっていた足は、部下の言葉でようやく動き出した。僕は部下たちに守られながら、何も言わずにその場を去った。

8

家に戻った僕は服も着替えず、そのまま父さんのところへ向かった。

聞きたいことが山ほどある。あのカメラは何か、これから何をするのか、なぜアーマードライダーとなった者が苦しんでいたのか。

父さんの部屋には以前までなかったはずのいくつものモニターがあった。まだ所々しか映っていないがそれは間違いなく地下都市の映像だった。

「これはどういうこと？」

「まあ待て。まだカメラの設置がすべて済んでいない」

息を整えようとするがうまくいかない。

それどころか少し過呼吸にでもなっているのではないだろうか。どう考えても悪い予感しかしない。設置完了の報告を受けると父さんは嫌な笑みを浮かべた。

『地下都市の諸君。君たちにいい知らせがある』

マイクを通して、地下都市に父さんの声が流れているようだ。

『君たちを外に出してあげよう。ただし、外に出られるのは勝ち残った一チームのみだ。生き残った強い者こそ、選ばれし強者だ。それ以外は無価値』

息が止まりそうになった。

我が親ながら、その姿は鬼か悪魔か。とにかく人間の所業とは思えない。子供に、殺し合いをさせようというのだから。

『バトルロイヤルだよ、諸君。勝ち残ればそれで良し。君たちの活躍は無数のカメラで見ている。それを世界中の貴族たちが見るのだ。せいぜい派手に戦ってくれ。勇猛ぶりを認められた者は外に出てから褒美をやろう。それでは、健闘を祈る』

父さんは笑っていた。

この人は、人の皮をかぶった悪魔だ。すぐにでもサイモンの元に行かなくては。部屋を出ようとした僕を外で待っていたのは、父さんの所有する私兵団。

そいつらに行く手を阻まれた。

振り返ると、さっきまでの笑顔が嘘であるかのような顔で父さんが僕を睨んでいた。誰が見ても明らかに怒っている。

「影正。お前には失望した。あんなネズミとつるんだせいで心まで軟弱になったか」

サイモンのことを言っているのだとすぐにわかった。知っていたのか。何もかも。

すべてがばれてしまった今、なりふり構っていられない。

父さんに殴りかかろうとする僕を私兵団の屈強な男がねじ伏せた。そして父さんが僕の眼前にナイフを突きつけたのだ。

「あいつを殺してわしに証明しろ。さもなくばお前も不要だ」

ぞっとした。僕は今まで生きている意味がないと思っていた。死など怖くなかったはずなのに、父さんの目がさっきのグラシャの目に重なった。

ああ、本当に殺されるのだと思った。ナイフの刃が目の前で鈍く光ると、その恐怖に抗《あらが》うことはできなかった。

父さんの指示は、実の息子に与えるものとは到底思えない非道なものであった。

まず、アーマードライダーとなったサイモンに対抗するため、僕自身もアーマードライダーになれとのことだ。

しかし、あいにくベルトとロックシードはすべて地下にばら撒いた。残りのベルトなどない。それを告げると、父さんから返ってきた言葉は、力ずくで奪い返せ、だった。

〝ブドウのロックシード〟

与えられたのはそれだけだ。

そして父さんが僕に突きつけたナイフを床に投げ捨て、行ってこいと冷たく言い放った。その後ろの映像に地獄が広がっているのをまだ僕は知らない。

ほとんど丸腰で地下に戻った。

持っているのはさっき父さんが捨てたナイフ、ただ一本だ。再び戻ったその地は、破壊に破壊を繰り返し、そこら中に血が飛び散っている。まさに地獄だ。これがあの子供たちの所業か。本当に、そうなのだろうか。

爆発音がした。それも大きな音だ。

これは戦闘中のものじゃない。誰かが爆破したのだ。そんな爆薬をここの子供たちが持っていただろうか。ずっとここにいた僕にはわかる。答えは否だ。

爆発音のほうへ向かうと、建物の下敷きになった小さな子供の手が見えた。

つい顔をそむけてしまう。

そのそむけた先に、見知った子が血を流していた。血を流しすぎている。おそらくもう助からない。

倒れている子のほとんどは、サイモンがよく面倒を見ている子供たちだった。

そして、これが誰の仕業か僕にはわかる。息子まで手にかけようとする親だ。どんなに幼い命だろうと簡単にやってのけてしまうのだろう。


あらゆるところで悲鳴が聞こえた。子供の泣く声も聞こえる。

すぐ近くで戦いの火花が散っていた。アーマードライダーとなって戦っている者もいる。武器を持ち、生身の体で戦っている者も。その誰もが目を血走らせ、正気とは思えない様子であった。

狂気。狂気が蔓延《まんえん》している。

彼らはもう、限界だったのかもしれない。薄暗いこの場所で飢餓に苦しむこともあっただろう。まずい空気と悪臭で、薬もないのに病気になる者もいただろう。ここは安らぎの場所なんかじゃなかった。おかしかったのは僕のほうだ。僕がこの地獄を終わらせなくては。

ひどく冷静になった。

この戦いを終わらせるためには強くならなければいけない。アーマードライダーの力が必要だ。

ディーラーをしていたとき、各チームのリーダーの中でも一層怖がりの奴がいた。あいつがこの地獄に耐えられるだろうか。いや、無理だろう。チームの隠れ基地に建物ではなく、誰も来ることないこの地下都市の端の端、洞窟のようなところを選んでいるような奴だ。おそらくそこにいる。

ナイフを隠し、持ってきていたディーラーの仮面を着けた。

地下都市の隅の洞窟のようなその場所に、怖がりの彼は体を小さくして隠れていた。僕の足音にさえも小さく悲鳴をあげ、震え上がってしまうような奴だ。

もちろんベルトを腰につけ、いつでも変身できる準備だけはしている。ベルトを探す手間が省けて助かる。

「お前、ディーラー⁉　どうしてここに。まあいい、ここに来たってことは俺にロックシードをくれるのか。頼む、強力なのをくれ。このままじゃ、殺される！」

僕に擦り寄って、服を掴んで必死に懇願する彼の顔は涙と鼻水でぐちゃぐちゃになっていた。こんなに怖がらせて申し訳ない。せめて楽に死んでくれ。

「……………え、」

彼の視界に入らない下のほう、下腹部をナイフで刺した。それでは痛いだけだろう。そのままナイフを思いきり抜くと鮮血が弧を描いて飛んだ。僕は正面から彼の返り血を受け、彼の体を支えた。

とても重い。命は、重い。

支えていた体をゆっくり地面に下ろしてやる。もう起き上がることのないそれから、ベルトを外した。

「お前……」

後ろから僕のよく知る声が聞こえた。この戦場でいつか出会うことはわかっていた。でも、願わくはもう少し後が良かったよ。

すぐ後ろ、洞窟の入り口に立っていたサイモンにはかろうじて光が当たっている。僕は影。まさに僕たちは光と影だ。

「ディーラー？　なのか？」

サイモンの手には、小さな子供が抱かれていた。おそらく息はしていない。ぐったりしているその子を大事そうに抱え、こちら側に近づいてきた。影の中に入ってきたサイモンの顔は今まで見たことのない悲壮感漂う表情であった。僕は血で汚れた仮面をとり、素顔をさらした。彼の目がみるみるうちに見開かれる。

「嘘だよな？　シャドウ」

首を横に振る。サイモンは苦しそうな、悲しそうな、そして泣きそうな声を出した。

「グラシャが言ってた。お前、貴族の手下なのか？」

それにも首を振る。正確にはそうではないからだ。

「僕は手下じゃない。貴族だ」

「は？」

「トルキア共和国を牛耳る鎮宮家の跡取り、鎮宮影正だ」

サイモンは両手に抱えたその子を端にゆっくりと横たわらせ、ふらりと僕のほうを向いた。次の瞬間にはもう目の前にサイモンはいて、僕の胸倉を思いきり摑み、すごい剣幕で声をあげた。目に涙をためながら。

「あの子が何をした？　この子たちが何をしたっていうんだ？　なあ？」

その問いには答えなかった。いや、答えられなかった。僕もさっき、それについては絶望したばかりだ。強がって傷ついていない振りができるほどまだ僕は大人ではない。

「どうして、どうしてこんなにひどいことができるんだ」

ああひどい。人間のすることではない。だから、この地獄に終止符を打つんだ。僕がすべてを終わらせる。スカラーシステムのように。

「何のためにこの地下都市に来た」

「アーマードライダーの実験、および調査のためだ」

「何のために俺に近づいた」

「任務のためだ」

「何のために俺たちを戦わせる？」

「それが任務だからだ」

　そうか、わかった、と力なく彼はつぶやき、オレンジのロックシードを取り出した。そして、変身した。アーマードライダープロト鎧武に。

　僕もすぐにベルトを巻き、唯一持っていたロックシードを手にした。


「……変身」


　ベルトにブドウのロックシードを差し込む。機械の声と共に、頭上にクラックが開いた。ブドウの果実が落ちてきて鎧へと変わる。

『ブドウアームズ！　龍《リュウ》・砲《ホウ》！　ハッハッハッ！』

　僕は変身した。緑と紫のアーマードライダー、プロト龍玄《リュウゲン》に。

僕が変身を終えたと同時に戦いの火蓋は切られた。

素早い動きですぐにサイモンは視界から消えた。姿は見えない。しかし、今まで見てきた彼の攻撃パターンから動きを予測した。

後ろから飛んでくる拳を真上に飛ぶことで避け、空振りしたサイモンに僕のブドウ龍《リュウ》砲《ホウ》の銃撃を浴びせた。龍玄のアームズウェポンはアーマードライダーの中でも珍しい、銃の形態。実戦経験の乏しい僕は接近戦に持ち込まれれば負けることはわかっている。

このアーマードライダーの仕様は僕には打ってつけであった。

僕の銃撃に土煙が舞っている。サイモンの姿は見えない。

地面に着地したころ、ようやく土煙がおさまり、鎧武の姿が浮かび上がってきた。彼がダメージを受けた様子はなく、無傷でそこに立っていた。そして間髪いれずに次の攻撃を繰り出してきた。

飛ぶ斬撃、オレンジスカッシュを繰り出してあたりの岩を砕き、僕に向かってきた。激しい戦闘はこの狭く閉ざされた洞窟でするには窮屈だ。

ここから出ようと洞窟の外に足を向けたとき、またオレンジスカッシュが無造作にいくつも飛んできた。

そのとき、小さな悲鳴が聞こえた。サイモンのものではない。ましてや僕でもない。悲鳴をあげたのは、バロック・レッドのベリトだった。

「どうしてここにいる⁉」

「グラシャさんに、お前を見張れって言われて……」

あの斬撃に当たれば、アーマードライダーでない彼はひとたまりもないだろう。

そして今にも斬撃の一つがベリトめがけて放たれようとしていた。おそらくサイモンはベリトの存在に気が付いてない。

無意識だったと思う。

岩陰に隠れるベリトの前に立ち、とっさに彼を守った。ベリトは何が起こったのかわかっていないようであった。恐怖から悲鳴をあげて、そこから走り去っていった。

アーマードライダーとはいえ、攻撃を真正面から受けたのだ。ただでは済まない。

ベリトの突然の登場により、我を失いがむしゃらに攻撃をしていたサイモンの手が止まった。膝をついた僕を今なら簡単に倒せるだろうに、それをせず何か考えているようであった。

「影正、あんた……」

何を戸惑っているのだ。これは生死を懸けた戦い。迷っている場合ではないはずだ。

「どうした。殺すなら殺せばいい」

「影正。これは本当にお前が仕組んだことなのか？」

やはり、サイモンは甘い。

その迷いは戦場では命取りになるのだ。さっきのダメージを引きずりながらも立ち上がり、戦いを終わらせない意思を表明した。

ブドウ龍砲を構え、ドラゴンショットを撃った。

それは軽く避けられたが想定内だ。僕から一瞬目をそらした隙に懐に入り込み、ブドウ龍砲で殴りかかろうとした。

しかし攻撃は届かない。

無双セイバーで受け止めながら、なおも迷いを見せるサイモン。そんな甘い奴は生き残るなんてできないぞ。

しばらく戦っているうちに、サイモンと僕の圧倒的な力の差を感じた。やはり彼は強い。僕と戦いながら別のことを考える暇があるなんて。

「やっぱり、俺はあんたがここで見せた顔がすべて嘘だったとは思えない。嘘ついてるんじゃないか？　お前にそんな嘘をつかせるのはどこのどいつなんだ」

「嘘なんて、ついてない！」

さっきのダメージのせいか少しだけ息が上がってきた。もう体力はそろそろ限界らしい。それでも何度も立ち上がり、戦う。

「僕はこの地下のすべてを破壊する。八年前のスカラーシステムのように、地獄をこの手で終わらせるんだ」

「なら、どうしてさっきベリトを助けたんだ！」

言い逃れできない、ついさっきの出来事。あれは無意識だ。勝手に体が動いた。

「次はあんな失敗は繰り返さない」

「お前には無理だ」

無理じゃない！　と、つい大声をあげた。サイモンもそれに負けない大声で無理だと言い張った。

「お前に嘘をつかせるそいつと、俺たちの敵は同じじゃないのか？　なら、一緒に戦うことはできないのか？」

僕はどちらとも返事をしなかった。

父さんを倒す？　そんなことは考えたこともなかったからだ。未知の提案は、僕をとても迷わせ、困惑させた。

しかし、そのときにナイフを眼前に突きつけられたあの光景がフラッシュバックする。

父さんを倒すなんて、やっぱり無理だ。考えた末に首を横に振った。

「なら、勝負だ、影正。負けたほうが勝ったほうの言うことを聞く」

サイモンからの提案はいつも突然だ。

こちらが返事をする前に、力勝負をしていたはずの僕の体は押し返された。

ふらふらと数歩後ろに下がり、もう一度ブドウ龍砲を構える。サイモンも無双セイバーと大橙丸《ダイダイマル》、両方を抜いた。ここからが本気ということだろうか。

第二ラウンドが始まった。真っ向勝負では僕に勝ち目はない。

やはり、ブドウ龍砲のドラゴンショットをうまく使うべきだろう。

接近戦にならないよう距離を保つのだ。サイモンの動きは速く、トリッキーなため予測が困難。僕の攻撃はいっこうに当たる様子がなく、どんどん距離を詰められる。

サイモンを追っていたはずなのに、彼は突然視界から消えた。

そして後ろから僕を蹴り飛ばした。その拍子に地面に突っ伏すこととなった。とどめを刺される。そう思った。しかしサイモンはそのようなチャンスを何度棒に振っただろう。

その度に、倒れる僕が再び起き上がるまで見守っているようであった。

何度やられたか、もうわからない。そんなことが続いて、もうどれくらいの時が経ったのであろう。長かった僕たちの戦いもようやく終わりを告げた。

最後は持久戦。アーマードライダーの力があるとはいえ、もともとの戦闘力が違う。

サイモンの華麗な剣さばきに圧倒され、二回ほど攻撃を受けた。そのせいで武器を手放し、ブドウ龍砲は弧を描き、飛んでいった。

丸腰になった僕はサイモンの大橙丸から逃れようと後ろに引いた際、足がもつれて転んだ。体力の限界だった。なんて無様な最期だ。

大橙丸が僕の眼前に突きつけられる。

僕は負けた、ここで死ぬのだ。

そう思ったが、僕の眼前に突きつけられたのは刃《やいば》の切っ先ではなく、人間の手であった。

「俺の勝ちだな、影正。約束どおり言うことを聞いてもらうぞ。俺と一緒に戦ってくれないか」

気が付けば、サイモンもいつの間にか武器を捨てていた。

戦う気がないことの意思表示だ。どうしてこの人は、こうまでして完璧な人間であろうとするのだろう。

僕はどうすればいい。彼の期待に応えられるだろうか。

手をとってみようか、僕にナイフではなく手を差し伸べてくれるこの人の。どちらが本当に大切かは明白だ。

体を支えることに使っていた片手を地面から離した。その手をとるためには僕には多くの葛藤が必要だった。

貴族は嫌いだが、それでも僕はその社会の中で努力していたことが山ほどある。

兄さんの死の真相だってわかっていない。考えて考えて、それでもその手はゆっくりとサイモンの差し出された手のほうへ向かっていた。

サイモンにしてみれば、きっとまどろっこしかったことだろう。それでも彼は伸ばした手をぴくりとも動かさず、ずっと待っていてくれた。


しかし、僕がサイモンの手をとることは永遠に叶《かな》わない。

それは突然のことだった。僕の目の前に差し出されていた手はいつの間にか視界から消えていた。

初めは小さなうめき声。何かに耐えるように息を荒くさせる。

それに耐えきれなくなったのか、サイモンは心臓のあたりを強く押さえた。自分の体をえぐるような勢いで強く強く、そこを押さえる。

尋常じゃない。変身も解けてしまった。

そうして悲痛な叫びをあげて、その場に倒れ込んだ。

何が起きたのかわからず、僕はすぐには動けなかった。いや、違う。脳が考えることを拒否していたのだ。心がまったく追いつかない。僕の全身が、目の前の現実に必死で抗おうとしているような、否定しようとしているような、そんな感覚だ。

目的を失った僕の手は宙に浮いたままで、ふと視線を下に移すとそこには残酷な現実があった。何度も何度も夢ではないかと考える僕の意識を、サイモンの声が現実に引きずり戻す。僕の顔からはだんだんと血の気が引いていく。見なくてもわかるほど、きっとひどい顔をしていることだろう。

ようやく頭を働かせ、あることを思い出した。

その光景は、以前グラシャと戦っていた際、戦闘中に突然苦しみ出したあの少年と同じだった。

二人の共通点はただ一つ。アーマードライダーであることだ。恐ろしい悪魔のような父さんの顔が浮かんだ。やはり、この実験は初めから仕組まれていたことだったのだ。

だが、今のサイモンはあのときの彼よりも辛そうだ。地面をのたうち回り、目を血走らせ、叫ぶ。その間もずっと心臓を押さえている。

サイモンのその姿は、燃え盛る炎の中に取り残された兄さんと重なった。兄さんは帰ってはこなかった。あのときと同じ、また僕は何もできない。子供のときから何も変わっていない。

そして大きな叫びと共に、サイモンの様子が変わった。

光が現れ、彼の手は人間のそれではなくなり、何かの衝動に駆られるように、そこらのものを破壊し始めた。

獣のような表情で僕を見ては、首を振り、頭を抱え苦しんだ後、仕方なく物を壊しているように見える。

　本当に壊したいのはどうやら僕みたいだ。

　また光が現れ、今度は反対の腕、その次が足、胴体と続き、それはすでにサイモンではなかった。

「かげ……ま、さ……殺し……て、くれ……」

　サイモンの口から弱気な言葉を聞くのは初めてだ。僕は首を縦には振らなかった。そんなこと、できるはずがない。

　サイモンは僕の新たな希望で、夢で、輝きの根源のような、かけがえのない人なのだ。また失うなんて、考えるだけでもう生きていけない。だから僕は首を横に振った。僕の希望を僕の手で消し去るなんて、できなかった。

　サイモンの顔がみるみるうちに絶望の色に染まっていく。その目に映る僕の顔も絶望の表情を浮かべていた。僕はまた間違ったのだと、気が付いたときには何もかもすでに手遅れだった。

「アイ……ム、助け、て……くれ……」

　最後の光と共に完全に人間の姿をなくしたサイモンはそのまま洞窟を飛び出した。ライダーベルトだけをその場に残して。

　インベスとなったサイモンの登場により、戦場は混乱。ここの子供たちがインベスを見るのはあのスカラーシステム始動のとき以来だろう。

あのときの恐怖が体に染みついている彼らは戦いをやめ、退避を優先した。

そのまま十を超えるチームの大規模抗争は幕を閉じた。

9

僕はしばらく、その場で放心していた。サイモンといい、あの苦しんでいた少年といい、答えは簡単だ。ライダーシステムは失敗作。アーマードライダーになればインベスになる。そんな危険なものを僕はこの地下にばら撒いた。絶望と後悔に胸がつぶれそうだ。

しばらく経って、地下から出ようと思い、やっと体が動いた。

サイモンのライダーベルトはそのままにしておいた。こんなところにはもう誰も来ないだろう。

洞窟を出た僕の目に飛び込んできたのは、破壊し尽くされた世界だった。

人だったであろうものがそこら中に転がり、目も当てられない姿の者もいた。僕が地獄を終わらせるなんて所詮無理な話だったのだ。

戦いは終わったはずなのに地獄はなおも続いていた。

トルキア共和国でスカラーシステムが発動され、兄さんを失った僕はその後地獄を味わったはずなのに、どうしてそのことにもっと早く気づけなかったのだろう。

僕に地獄を終わらせる力など、初めからなかったのだ。


帰路の途中、遠くに見覚えのある少年を三人ほど見かけた。

オレンジ・ライドの面々だ。遠目にもわかる。

彼らは墓を作っているのだ。

彼らのすぐ横にはおびただしい数のかつての仲間たちが寝かされていた。まさか、オレンジ・ライドはあの三人しか生き残っていないのか？　サイモンの大切なものを貴族は、いや、僕はたくさん奪ってしまった。

その場に倒れ込み、息を殺して泣いた。自分自身の罪の重さに耐えられなかったのだ。


あとで聞いた話では、大規模抗争で、チームは三つにまで数を減らしたようだ。バロック・レッド、グリーン・ドールズ、そしてオレンジ・ライド。

僕はもう、オレンジ・ライドの子供たちには会えない。合わせる顔がない。だからベリトを探した。

もう地獄を繰り返さないために、僕ができるせめてものことをと思ったからだ。

彼もまた、泣きながら誰かの墓を作っていた。ベリトは僕とサイモンの戦いを見ていた。彼なら僕の正体も知っている。話が早くていいだろう。

墓の前で泣きじゃくる彼に近づき、声をかけた。僕の姿を見たベリトはひどく怯《おび》え、助けを求めた。

「頼みがあるんだ。サイモンは死んだ。僕と戦っていたあの場所で。それを、オレンジ・ライドの子たちに伝えてほしい。それと、この抗争を引き起こしたのは貴族だ。あいつらは人間じゃない。もう、奴らには近づくな。君たちも戦わなくていい。これを生き残った皆に伝えてくれないか」

涙のたまった目で何度も頷いていた。

それを確認してその場から去ろうとするとグラシャが現れた。すごい剣幕で僕とベリトの間に割って入り、殺してやると低い声をあげた。しかしそれにはお構いなしで僕は彼らに背を向けた。

「グラシャさん、追わなくてもいいんですか？」

「いい。あいつは弱者だ」

僕は彼らに何ができるだろうか。償わなければ。いっそサイモンに殺されていたほうが楽だったか。生き残った彼らを、救わなければ。その衝動に駆られた。それですべてが許されるとは思っていない。それでも何かせずにはいられなかった。償いをしたくて仕方がなかったんだ。

家路につき、真っ直ぐ自分の部屋へ帰りシャワーを浴びた後、ベッドに転がるとそのまま死んだように眠ってしまった。

目覚めたのは夜を二回越えた朝だった。ほとんど丸一日眠ってしまっていたらしい。

僕は着替えた後すぐに父さんの部屋に呼ばれた。今はあの人への恐怖もなければ、尊敬もない。まるで何も感じない。本当の地獄を見たから。


ライダーシステムはやはり失敗作だった。


使用を続ければ、やがてインベスになることを承知していたらしい。それを息子に使わせたのか。父さんによれば使用回数と時間には制限があり個人差はあれど、数回使った程度ではインベスにはならないそうだ。もうお前は使うなよと念押しされた。

「兄さんも、インベスになったのですか」

「ああ。あいつも感染者だ」

しれっと言ってのけた。自分の息子の話をしているとは思えない。

「だが、あれに関してはわしのせいではない。呉島貴虎が雅仁を殺したのだ」

「え……」

思わぬところで、僕が今までずっと知りたかった真実を明かされた。

「あやつは未完成のライダーシステムを使えばインベスになることを知っていて、雅仁に使わせた。自分は日本で大けがをしたと芝居をうって」

そんな話は聞いたことがない。

僕が想定していた中で最悪のシナリオだ。

「すべては呉島の呪いよ」

父さんの後ろにある映像には残された子供たちが映っている。

僕は償わなければいけない。

この身に背負った大きな罪を。大きすぎる罪を、生き残った子供たちを救うだけで償えるだろうか。いいや、それでは足りない。


罪人を殺さなくては。呉島貴虎は僕が殺す。


あの抗争の後も、子供たちによる殺し合いの日々は続いている。

僕がベリトに言ったことはうまく伝わらなかったようだ。彼らの中で貴族は神と称されるようになった。

父さんはそれに満足していた。もちろん崇《あが》められているわけでもなければ、いい意味なんかでもない。貴族の都合で殺されたり生かされたり、振り回される自分たちを嗤《わら》って貴族を神と呼んでいるのだ。あるいは、恐怖からか。

神に逆らってはいけない。生き残りたいなら戦うしかない。敵を殲滅《せんめつ》するしかない。そんな風潮になったようだ。

僕にはあの地下都市に足を踏み入れる資格はない。戦いも止まらない。それなら、どうやって僕は償えばいいんだ。

そう頭を抱えていたとき、呉島貴虎がこの国のことを嗅ぎまわっているという情報を入手した。奴はきっと来る。

僕の贖罪はまずあいつを殺すことから始めよう。

兄さんの仇《かたき》をとる。

この手で必ず。

第二章

【アイムの章】

俺の望みは何だっただろうか。地下都市では依然、残った三チームが抗争を続けている。外へ出るため。この息苦しい世界から抜け出すため。

俺だって、幼いころに見たあの景色をもう一度見たい。大きくて、どこまでも続く青い空。すべてを照らす太陽の光を、できるならばもう一度。

……本当に？　俺の望みは何だ。


どこかで血なまぐさい音がする。銃撃音、男たちの怒声、誰かの悲鳴。地下空間は狭い。戦いの音はどこにいたって聞こえてくる。どうやらあいつらが戦闘を開始したらしい。チーム『バロック・レッド』と、チーム『グリーン・ドールズ』。たくさんあったはずのチームも激しい戦闘の末、今や三チームのみとなった。そして『オレンジ・ライド』は俺と仲間が二人だけ。いや、三人か。忘れてた、なんて言ったらサイモンに怒られちまうな。

サイモンを最後に見たのはバロック・レッドのベリトだ。サイモンはあの大きな抗争である奴と戦っていた。――――鎮宮影正《しずみやかげまさ》。

ベリトの話では、そいつは俺たちをこうして戦わせている貴族の一人だそうだ。貴族なんて、絶対にろくな奴じゃねえに決まってる。俺たち子供をこんな暗い奥底に監禁して、あまつさえ殺し合わせ、それを見て笑っていやがるような連中だ。それでも俺たちの拳も剣もあいつらには届かねえ。誰も抗《あらが》えない。奴らの手のひらで転がされることが俺たちの唯一の生きる道なんだ。

先の抗争で人がたくさん死んだ。仲間をたくさん失った。敵に次々斬られ、撃たれていく仲間を守れなかった。俺はパイモンやグシオンに引きずられながら戦地を後にした。

「放せパイモン！　グシオン！」

「諦めろアイム！　もう、間に合わねえ」

「くそっ！」

敵も味方も血を流し倒れている中、俺たち三人は死体の山の中に息を殺して隠れた。亡者たちの隙間から見えた景色はまさに地獄だ。信じられるか？　その地獄は人間が生み出したんだぜ？

抗争が終わって、俺たち三人はすぐに仲間たちの墓を作った。穴を掘り、仲間を埋め、墓標にその名を刻む。それを何度も繰り返すうちにようやく涙が出た。パイモンもグシオンも気が付けば一緒に泣いていた。大声をあげて、泣きながら墓を作った。そして俺は願ったんだ。何があっても仲間を守れる強さが欲しいと。

サイモンはいくら探しても見つからなかった。何日も歩き回ったがどこにもいない。見つけたのはサイモンが使っていたはずのライダーベルトだ。誰も来ないような地下都市の端の端に落ちていた。様子がおかしい。こんなに貴重なベルトを誰も来ない場所とはいえ、隠しもせずに置いておくなんてするはずがねえ。罠《わな》か？

「罠ならこの洞窟に入った時点で奇襲をかけられてるよ」

それもそうだ。パイモンの言葉を信じ、俺はベルトを手にした。罠ではないようだ。ベルトは大人しく、俺の手の中におさまった。しかし、そのほうがなおさら奇妙だ。一体サイモンはどこに行ったんだ？　大事なベルトを置いて。まるで使用者が突然消えてしまったかのようだ。

「サイモンなら死んだよ。多分な。貴族と戦ってた。そいつは貴族の中でもこの国を仕切ってる奴だ。神に逆らって無事なわけないだろ」

あの抗争のすべてを操っていた貴族を神と呼ぶ奴も少なくなかった。「畏怖の念を俺たちに植えつけて楽しんでやがるんだ」最後にサイモンを見たというベリトはどこか怯《おび》えたようにそう言った。

「でも、リーダーが死んだっていう痕跡がどこにも残ってない。死んだ仲間たちは全員探して墓を作ったんだ。リーダーだけ跡形もなく死んだっていうのはおかしいだろ」

「じゃあ、ベリトが嘘《うそ》をついてたってことですか？」

それはないだろう。そんなことをしてベリトになんの得があるんだ。それにベリトのあの様子からはとても嘘をついているとは思えねえ。

俺たちの見解はサイモンは外の世界にいるんじゃないか、ということになった。これだけ探しても地下都市にはいないんだ。それに死んだ形跡だってない。なら、そう考えるのが自然じゃないか？　そして何らかの理由があって地下には戻ってこられない。じゃなきゃ、あのサイモンが簡単にやられるわけがねえ。

「リーダーは生きている。行方を知っているのは鎮宮影正だけだ」

オレンジ・ライドはこのバトルロイヤルに必ず勝つ。そして神を引きずり降ろし、サイモンと再会するんだ。このベルトに誓う。今度こそ俺が仲間を守る。必ず。


近くでまた大きな音がした。敵襲？　しかし偵察に行っているパイモンやグシオンからそんな報告はない。バロック・レッドと、グリーン・ドールズの奴らは全員総出で戦っているはずだ。

音のしたほうに行くとどうやら何かが上から落ちてきたらしい。そういうことはたまにある。上の人間からすればここはゴミ箱同然なのだろう。しかし、俺たちからしてみれば大事な物資で食料だ。

音からするに随分大量の何かが降ってきたらしい。しかし、様子を見ようにも土煙が舞っていてよく見えない。武装をしたまま、しばらく土煙がおさまるのを待った。オレンジ・ライドにはとにかく物資が少ない。三人しかいねえんだ、それもしょうがない。しかし今は絶好のチャンスだ。敵対チームは総出で戦闘の真っ最中。今なら大量の物資を俺たちで独り占めできる。武器や食料ならなおよし。だが、俺の期待はことごとく外れた。落ちてきたのは武器でも食料でもない、人間だったんだ。

「おーい、あんた大丈夫か？」

返事がない。まさか、死んでる？　いや息をしている。銃で撃たれたような傷があるけれど。こいつ、きっとわけありってやつだ。まあ、どこの誰か知らねえが放っておくわけにはいかないか。とりあえずオレンジ・ライドの隠れ基地に運ぼう。

服を裂いてよく見ると深い傷だった。これでよく生きてるなと感心する。残念ながらここに十分な医療道具なんてものはない。お粗末な応急処置になるが、このまま血を無駄に流すよりはましだろう。服は破っちまったしな。とりあえずこの辺にある服でも適当に着せておくか。落ちてきたときより随分不格好になっちまうが、ないよりはいいだろ。

「う……」

悪夢でも見ているのだろうか。すごい汗だ。よく見ればさっき巻いたばかりの包帯はすでに真っ赤に染まっていた。仕方ない。きれいな水で洗ってくるか。そんなことを幾度か繰り返すうちに随分時間が経《た》った。そろそろあいつらの戦いも決着がついたんじゃないだろうか。だとしたらパイモンたちが帰ってくるころか。

「おっさん、そろそろ起きろよ」

特に何かを期待したわけではなかったが、俺の言葉に反応したかのようにそいつは小さなうめき声をあげた。どうやら目が醒《さ》めたらしい。

「やっと目が醒めた？　死んだかと思ったぜ」

その人物はゆっくりと起き上がった。いや、正確には起き上がろうとしたができなかった。傷口が開く。安静を促したが聞く耳を持たない。当の本人は状況が理解できていないようだな。まあいい。俺には聞きたいことが山ほどあるんだ。

「おっさん、名前は？」

返事はない。答える気がないというよりは何かを考え込んでいるみたいだ。もしかして敵なのか？　少しして、目の前の人物は重い口を開いた。

「……思い出せない」

嘘をついているようには見えなかった。まさか、そんなことあるか？

「自分の名前も？」

「……何も」

驚いたな。記憶喪失の奴なんて初めて見るぜ。俺なんかよりこの人のほうが動揺しているだろうに、取り乱す様子もなく落ち着いている。ちょうど俺が口を開きかけたとき、足音が聞こえた。その音はいつもよく聞く、見知った奴のものだ。

「アイムさん！」

パイモンと共に偵察に行っていたはずのグシオンが一人で帰ってきた。滝のような汗を流して息も絶え絶えに次の言葉を発した。

「バロックとドールズの抗争にパイモンが巻き込まれてる。このままじゃ、パイモンが」

考えるより先に体が動いた。

「助けに行くぞ」

基地の奥に隠した袋からロックシードを取り出す。これは俺たちの秘密兵器だ。サイモンから引き継いだ武器で、俺たちが他のチームに対抗するための唯一のものだ。ロックシードをしっかりと握りしめ、グシオンと目を合わせたとき、横目に記憶喪失のおっさんがかすかに反応したのが見えた。

「おっさんはここにいろ。生きてたら戻ってくるから」

グシオンと共に大切な仲間、パイモンの元へ全速力で向かった。

「私はあれを知っている」

あまりにも必死だったから、おっさんの声にも、まさかついてきていることにも気が付かなかった。

戦闘の音がだんだんと近づいてくる。激しい戦いだ。人間同士のただの争いならここまで騒がしくならないだろう。グラシャとフォラスが変身していやがるな。パイモンが危ねえ。

「こんなところで死んでたまるか!!」

パイモンの声だ。

「残念だったな。ここで終わりだ。死ね！」

「待ちやがれ！」

振りかぶった刃《やいば》が俺の仲間に届く直前だった。間に合った安心感よりも、俺の仲間を今にも殺そうとしている敵への怒りに歯を食いしばる。

「グラシャ！　フォラス！　今日で終わりにしてやるぜ」

ベルトを腰に巻き、オレンジ・ライドの切り札、ロックシードを掲げる。男の声と共に頭上にクラックが開き、大きな果実がゆっくりと降りてくる。さあ、変身だ。

「ここからは俺たちのステージだ！」

オレンジ・ライド、バロック・レッド、グリーン・ドールズ、三つ巴の戦いが始まる。もう三人しかいない俺たちはいつだって相手を殺す気で戦いに臨む。俺の敗北はつまり、パイモンとグシオン二人の命を危険にさらすことになるからだ。そして同時にオレンジ・ライドの全滅を意味する。そんなこと、絶対にさせない。仲間を失う苦しみは痛いほどわかっている。あんなこと、もう二度とごめんだ。仲間を守るため、あいつとまた再会するため、俺は負けられない。たとえ誰かを殺すことになったとしても。

「最後に生き残るのは俺たちだ！　このオレンジのアーマードライダーの力に懸けてな！」

サイモンから引き継いだこの力は、俺に勇気もくれる気がする。

「……アーマードライダー」

すぐ近くでそうつぶやく人物がいた。それは予想外な奴で、俺以外はこいつが誰なのかも知らないだろう。いや、正確には俺も名前さえ知らないのだが。しかもそいつは命知らずにも、激しいライダーバトルを繰り広げている真っ只中に出てきたのだ。何考えてやがんだ、このおっさん。目の前で起こる争いに少しも怯《ひる》む様子がないということは戦い慣れしているんだろう。でも、ライダーバトルは普通の人間同士の争いとは一味違う。一線を越えた者たちの戦いなんだ。いくらこのおっさんが手練《てだ》れの戦士だろうと割って入ってこられるようなものじゃないんだ。だから俺たちの基地で待っていてくれって言ったのに。グラシャもフォラスもおっさんには目もくれず、バトルを続ける。おっさんも常人とは思えない身のこなしで攻撃を避けたり、受け身をとっているが限界がある。俺が守るしかねえ。おっさんを背中に隠しながら戦うが、グラシャもフォラスも間髪いれずに攻撃を仕掛けてくる。とてもじゃないがこちらから攻撃を仕掛ける余裕はない。防戦一方だ。

そのとき、一発の銃声がその場にいた全員の動きを止めた。

「なんだ」

視線の先には見たことのないアーマードライダーが立っていた。白いフォルムにメロンの鎧《よろい》。俺たちの他にもアーマードライダーはいたがメロンの奴は今まで見たことがなかった。

「なんだ。あいつ」

「新しいアーマードライダーか？」

グラシャとフォラスの反応も同じようなものだった。しかしその中でただ一人、おっさんだけが誰とも違う反応を示した。

「私は、こいつのことを知っている」

俺の後ろで守られているだけの奴が、いきなり現れた新たなアーマードライダーから目が離せなくなっていた。その様子から口からでまかせを言っているわけではないことがわかる。しかも、新しいアーマードライダー、メロンの奴はなぜかおっさんを狙っている。さらに恐ろしく強い。

「お前は誰だ！」

グラシャが標的をメロンの奴に変え、向かっていく。あいつは昔からそうだ。強い奴を見つけると必ず勝負を挑み、己の強さを誇示したがる。どうしてそこまで貪欲に強さにこだわるのか、正直よくわからない。俺にはもっと大事なものがある。でも、サイモンは言ってたな。グラシャはかっこいい奴なんだと。

一方フォラスは高みの見物を決め込んでやがる。オレンジ・ライド、バロック・レッド、そして謎のアーマードライダー、この場にいるすべての者を警戒しつつ、あわよくば全員が疲弊したところを狙おうって腹だろう。あいつの考えそうなことだ。

グラシャとメロンのアーマードライダーの戦いは激しさを極めた。周りの建物、人、俺たちの仲間まで巻き込まれそうな勢いだ。そしてことあるごとに、メロンの奴はグラシャの一瞬の隙をついて俺の後ろにいるおっさんを狙ってきやがる。あのグラシャ相手にそんな余裕があるなんて。あのメロンの奴、やっぱり相当強いな。

「なあフォラス！　今日のところは一時休戦して、一緒にあのアーマードライダーを倒すっていうのはどうだ？　このままじゃ俺たちの仲間まで巻き添え食っちまう」

フォラスはいけ好かない野郎だが、手を組めば心強い奴だ。ただし、こいつと組むときは背中をよく注意しなければならない。

「俺には関係ないって言いたいところだけど、今回に限ってはお前の言うことも一理ある」

これで三対一だ。狡《ずる》いのはわかっているが仕方がない。

グラシャとメロンの奴が剣を交えているその後ろからフォラスが襲いかかる。メロンの奴は横に飛び、フォラスの攻撃は回避されたが、その着地点には俺が待ち構え、必殺技を振るう。空中にいる奴は避けられない。勝負は決まりだ。俺の剣から放たれたオレンジ色の光は、白いアーマードライダーめがけて爆発した。勝った、その場にいた者皆がそう確信した。しかし、爆発の中からそいつはまた現れた。ダメージを食らっている様子はない。

「攻撃が当たる直前に同じくらいの斬撃をぶつけて相殺したんだ」

おっさんにはそれが見えたらしい。そしてメロンの奴は、今までにない速さで俺たちを次々と斬っていった。こいつ、手を抜いていやがったな。

「これはまずいな。アイム、俺たちは引かせてもらう」

フォラスのその声とほぼ同時に煙幕弾が放たれた。緑の煙があたり一帯に充満する。

「グリーン・ドールズ！　撤退だ」

「オレンジ・ライドもだ！　おっさん、こっちだ。グラシャ、何してるんだ。お前も早く……」

「逃げたい奴は勝手に逃げればいい。俺は逃げない。それは弱者のすることだ」

またそれかよ。誰が弱者だ。それなら俺だって……そう思ったが、すぐ後ろにおっさんが見え、少し離れたところにいるけがを負ったパイモンとパイモンを支えるグシオンが頭に浮かんだ。俺のすべきことは白いアーマードライダーに向かっていくことじゃない。仲間を守ることだ。おっさんを連れて、俺はその場を後にした。グラシャの奴は大丈夫だろう。あいつは強いから。

おっさんと共に先に基地に辿《たど》り着いた。小さくうめき声をあげてその場にしゃがみ込むおっさんを見て、そういえばけが人だったことを思い出す。心配して声をかけたが無愛想な返事が返ってきた。どうしてあんな危険な場に来たのか問いただすと答えは「記憶を取り戻すためだ」という、思ってもみなかったものだった。てっきり、戦いを見てみたかったとか言われるのかと思った。ここの大人は血が好きだからな。

「アーマードライダー斬月《ザンゲツ》。あの白いアーマードライダーの名前だ」

「記憶が戻ったのか？」

「……いや。だが、私はあれを知っている。思い出したのはそれだけだがな」

それだけ？　いやいや有力な情報だ。

「新しいチームが出てきたってことか」

「チーム？」

なんだ、それは知らないのか。この地下都市のこと、チームのこと、貴族のこと、殺し殺される日々を送っていたことをすべて丁寧に説明した。俺がそれをゲームだと称すると、彼は怪訝《けげん》な顔をした。ずっと黙って聞いていたのに、そこで初めて口を挟んできた。

「お前はどうなんだ。お前も人を殺したことがあるのか？」

「……。……あるよ。やらなきゃ……やられる。自分のことなんてどうでもいい。仲間が死ぬんだ。守るためなら、いくらだってこの手を血に染めてやる」

そうだ。俺の望みは仲間たちとこの地獄を生き残って地上に出ることだ。サイモンだって、きっと同じことを考えていたはずだ。

……本当に、そうだっただろうか？

「そうじゃない道を考えたことはないのか？

そうじゃない道？　そんな道があればとっくにやってる。サイモンだってこの方法しかないから変身して戦ってたんだ。

「ないね。それがこのベルトを手にする、力を手にするってことだ」

俺は仲間を守るために、敵を倒すためにこの力をサイモンから引き継いだんだ。そして、サイモンの意思も俺が繋《つな》いでいく。オレンジ・ライドが生き残るために戦い続ける、その意思を。

『俺は皆に幸せになってほしいんだ』

唐突にサイモンの口癖がフラッシュバックした。皆？　皆って誰だ。もちろんオレンジ・ライドの仲間のことだよな。な、サイモン。

きっとよそから来た大人には俺たちの気持ちなんてわからない。子供の戯言《たわごと》だと馬鹿にするだろう。説教でもされるのかと思い、強気な態度で身構えていたが、いっこうに口を開く気配がない。俺の話を真面目に聞いてくれたかと思ったら、黙りこくっちまった。いくら声をかけても返事もしねえ。けれど彼の目はどこか俺を見ていないような気がする。変なおっさんだ。やっと話したと思ったら「私は夢を見ていたのか？」だ。ますます変なおっさんだぜ。

「……私もやったことがある。……おそらくな」

只者じゃないだろうとは思ってたけど、まさか殺しまでやってるとは思わなかった。しかし、おっさんの目には迷いがあるようだ。甘い奴だと俺が罵倒すると、彼は特に反発する様子はなく、昔同じことを言われたことがあると言った。やっぱりな。俺の言うことは正しいってことだろ。しかし、おっさんは急に大人の顔をして、眉をひそめた。

「その手を血に染める。それはお前たち子供の仕事じゃない。力を持つ者の責務だ」

「記憶がないような奴に言われたくないな」

「記憶がなくてもわかることはある。お前たち子供は、その力を命を奪い合うことに使うべきじゃない。生きて前に向かうために使うべきだ」

甘いこと言いやがって。だったら、大人が守ってくれるっていうのか？　俺たちは幼いころからこの地下都市で仲間たちと助け合って、子供だけで生きてきたんだ。今さら大人の助けなんていらない。たった十年や二十年早く生まれただけで、勝手に責任負ってんじゃねえよ。この国の大人は絶対に信じねえ。仲間だろうと敵だろうと、傷つけて傷つけられて、俺たちの心が少しも痛まないと思うか？　それを見て笑っていやがるような大人を俺は絶対に許さない。……そういえば、おっさんはここの大人ではないのかな。

怒りをすべてぶつけた。どこかで記憶喪失の奴に言っても仕方ないだろうと言う自分もいたが、言わずにはいられなかった。言いたいことを言えてすっきりしたような気もする。サイモンが消えてから、弱音もはけず、気を張り続けていたからな。おっさんはそれを笑うことも、怒ることもせず黙って聞いていた。俺とは対照的だな。でも、それくらいこの地下都市で生きる子供は皆大人に怒ってるんだ。グラシャもフォラスも、聞いたことはないがきっと同じことを思っている。

俺の言い分が終わったころ、おっさんが何か言おうとしたのはわかった。しかし、それとほぼ同時にパイモンとグシオンが戻ってきたから、それには気づかない振りをした。どうやら二人とも無事らしい。パイモンはおっさんのことが気になるようで、紹介してやった。といっても、この人のことを俺もよく知らないので、倒れてたのを拾った、記憶喪失のおっさんってことしか教えられねえんだけど。

「……お前たちに協力を頼みたい」

唐突な提案に、俺もパイモンもグシオンも顔を見合わせた。なぜさっきまでの話からそうなるのかを是非に聞きたいね。何か魂胆でもあるのかと考えもしたが記憶喪失の奴に魂胆も何もないだろう。

「私は記憶を取り戻さなければいけない。そのための協力だ」

パイモンは明らかに敵意を剝《む》き出しにしている。今にも殴りかかりそうだ。

「あのアーマードライダー、斬月はお前たちにとっても脅威になるはずだ。私はあれを知っている。悪くない話だ」

言われてみればそうだ。俺たちにとっておっさんは害はない。俺が今まで見てきた大人とは違うタイプだ。人としてはどうかわからないが取引相手としては、ひとまずは信用できる気がする。でも、グシオンの言葉でパイモンのギリギリを保っていた堪忍袋の緒が切れてしまった。

「名前を知ってるってことは……あんたも貴族の一味？」

パイモンが武器を手に動き出す気配がしたが一瞬のことで俺が動くのが遅れた。しかしおっさんは、パイモンの後ろからの攻撃をあっさりとかわす。俺の静止の声も聞かず、攻撃をやめないパイモン。それさえも、ひらりひらりとかわし、パイモンがけがをしないように気遣いをしているように見えた。脳天めがけて振り下ろした鉄パイプをおっさんは受け止め、取り上げ、パイモンに向ける。さすがのパイモンも、もう手も足も出ねえ。

「私はお前たちの敵じゃない。おそらくな」

「なんでそう言いきれる！」

「斬月。奴は私を狙っていた。それだけで理由になるはずだ」

おっさんは鉄パイプをパイモンに返した。パイモンも黙ってそれを受け取る。そのやり取りを見てやっぱりおっさんは信用に足る人物だと確信した。多分パイモンも同じことを考えているだろう。

「確かに悪くない取引かもしれないな」

パイモンとグシオンは一瞬反対の意を見せたもののそこまで強くは言ってこない。二人もおっさんを認めた証拠だ。

「まずは斬月をおびき出す」

交渉が成立した途端、おっさんは初めから決まっていたかのように淡々と作戦プランを話し始めた。簡単なことだ。おっさんで斬月をおびき寄せ、俺たちが斬月を襲撃。切り札であるおっさんは早々に戦線を離脱し安全なところに移動。俺たちも負けると思ったら早めに退散。最悪の場合、おっさんを囮《おとり》にして逃げきれとのことだ。この作戦の目的はあいつを倒すことじゃない。おっさんの記憶を取り戻すことにある。

「奴を見たとき、私は奴の名前を思い出した。斬月が記憶を取り戻す鍵だってことは間違いない」

そして思い出したおっさんの記憶から奴の弱点の情報をもらう。それが取引だ。だが、危なくなったら逃げるっていうのがパイモンとグシオンはどうも不安らしい。あいつの強さを目の当たりにした後だとなおさらそうなってしまうのも無理はない。

「バロックとドールズにも協力を求める。俺たちだけでやるよりは、生き残る確率が高くなるだろう」

パイモンとグシオンはやっぱり納得がいかなそうだけど、最後にはいつも俺についてきてくれる。おっさんは初めからそうすることが決まっていたかのように、反対も賛成も特にせず、もう次のことを考えているようだ。

「一ついいか」

また新しい作戦か。次々と作戦を思いつくな。本当にこの人は何者なんだ。

「おっさんというのはやめろ。私はおそらくそんな年齢ではない」

一瞬呆気《あっけ》にとられた。気にしてたのか。なんだよ。そんなことで、あんなに真剣な顔するなよ。

記憶を失っても平然としていて、表情も全然変わらない。異常に強くて、上から落ちてきてもピンピンしてる。でもおっさんと呼ばれることを気にしてる。どうしてだろうな。やっと近づけた気がするよ。あんたは大人だけど、神様とは違うんだな。

初めて見ることができたその人の顔が面白くて、なぜだか妙に嬉《うれ》しくてからかってみると、パイモンもグシオンも同じように面白がった。こいつはサイモンとは歳《とし》も雰囲気も全然違うのにな。なんとなく、あのときに戻ったみてえだ。懐かしい。おっさんは「好きに呼べ」って言ったけど、少しだけ不貞腐《ふてくさ》れているみたいだった。

「何の用だ」

バロック・レッドの基地は廃墟の中。基地の場所を特に隠すわけではないのは自信の表れか。グラシャを先頭に、その後ろには構成員たちが武器を持って今にも戦い始めそうな勢いで待ち構えている。敵意剝き出しで俺たちを罵倒してくる中、グラシャの一言でそれがぴしゃりとやむ。グラシャも血の気が多い奴ではあるが、話のわかる奴でもある。

「白いアーマードライダーをおびき出したい。このままじゃ、俺たちは奴に全滅させられちまう」

作戦の全貌を明かす間、グラシャは黙って聞いていた。一番に口を開いたのはベリトだ。「おい！　白いアーマードライダーなんて、お前らと手を組まなくたって倒せ……」

「おそらく、俺の力をもってしても、奴に立ち向かうのは難しい」

自分のリーダーの珍しく弱気な発言に驚いたのはベリトだけではないだろう。もちろん俺だって、多少は驚いたさ。次の言葉を聞いて納得したけどな。グラシャを持ち上げるように褒め称えるベリトの反応が予想外だったようで、グラシャが突然ベリトの胸倉を掴《つか》むと、おおよそ仲間に向けているとは思えない地の底を這《は》うような低い声で怒りをあらわにした。まったく、血の気の多い奴め。

「いいか。野生動物は、敵の力を的確に見極める。そうでなければ餌になる。奴の餌になって、死にたくなきゃ自分を知れ」

グラシャがベリトを投げ捨てるように放すと、さっきまでの威勢はどこへ行ったのか、ベリトはそのままへたり込んでしまった。グラシャが仲間を大事に思ってるのは戦い方を見ればわかる。もっと優しくしてやればいいのに。話の流れからして交渉は成立か。案外うまくいって良かった。

「その話は断る」

グラシャの答えは俺が思っていたのとは百八十度違っていた。理由を問いただすと答えは簡単だ。最もグラシャらしい答えだった。

「勝つのが難しいとは言った。だが、だからといって逃げるつもりはない。どんな邪魔が入ろうと俺は俺の強さを示す」

説得するつもりで食い下がったが何度言っても返事は変えないらしい。それどころかロックシードを持ち出して戦いを始めようとする始末だ。見かねたおっさんが俺たちの口論に割って入り、強制的に交渉を終わらせた。

俺は憤《いきどお》りを露《あら》わにした。

「グラシャのわからず屋め。あの斬月って奴の正体がわかるまででいいって言ってるのに」

「仕方ないですよ。ずっと戦ってきた相手なんだから」

そうだ。グラシャもフォラスも、ずっと命がけの戦いをしてきた。長い間。もう友達にはなれねえけど、俺はあいつらが嫌いで戦っているわけじゃない。俺がグラシャのことを認めているように、グラシャも俺を認めていて、フォラスもそれは同じだ。二人は俺にないものを持っていて、俺は二人にないものを持っている。いつか倒さなくちゃいけない相手だとしても、あいつらとはいい関係が築けていると思ってたんだ。

（本当に、倒さなくちゃいけないのか？）

倒さなくていい方法なんてないだろ？

「この国に大人はいないのか？」

おっさんがあたりを見ながら尋ねてきた。

「いないよ。さっきも話したろ。大人は貴族の連中だけだ。皆死んだのさ」

あまり変わらないおっさんの顔が初めて曇った。怒っているのか、悲しんでいるのか、それはよくわからない。

「教えてやる。今から八年前だ。わけのわからない企業がやってきて、この国で実験を始めた。だけど、そいつが失敗した。それで奴ら、この国のすべてを焼き尽くしやがった」

俺は今よりもさらに子供だった。朝早くに起こされ、家の隠し穴に隠された。子供一人、二人くらいが入れる小さな穴だ。父さんと母さんはどうしたんだろう？　俺は穴にいたからな。詳しくは知らない。絶対に迎えに来るから、穴から出ないでと何度も念を押された。穴には時間がわかるものが何もなかった。一体どれくらいの時間あそこにいたんだろう。子供の俺にはそこにいた時間が永遠のものに感じられて、親の言いつけを破って穴から出ちまったんだ。外に出るとそこは今と同じかそれ以上に地獄だったよ。化け物が闊《かっ》歩《ぽ》し、一面火の海だ。子供の泣き声、大人の叫び声。父さんも母さんもどこにもいない。生きてる大人は化け物に殺されるか、なぜか消え失せていた。初めて見る武装した大人に手引きされ、子供は地下のシェルターへと案内された。しかしそれは汚い大人の罠だった。それは子供を守るためのシェルターではなく、地獄に閉じ込めるための監獄だったんだ。

「おっさん。せっかく説明してやってるのに。人の話聞いてんのかよ」

また虚《うつ》ろな目しやがって。

「おっさんはやめろ。貴虎《たかとら》だ」

「……思い出したのか？」

「ああ。あいつは私のことを貴虎と呼んでいた」

あいつって誰だよ。聞きたかったことは声にはならなかった。心臓が急にドクンと跳ね、そして急激に動きが激しくなる。明らかに異常な動悸《どうき》。もう立ってはいられない。グシオンの声が聞こえる。心配させちまったな。パイモンは絶望したような顔で今にも崩れちまいそうだ。

「リーダーと一緒だ」

いなくなる直前、確かにサイモンもよく心臓を押さえていた。本人は隠しているようだったけどな。最後のほうは隠すこともできないくらい痛みがひどかったみたいだ。よくそれで皆が今のパイモンみたいな顔で心配するから、困った顔してたっけな。

すぐ近くで獣の咆哮《ほうこう》が聞こえた。また来やがったな。

「なんだ、こいつは」

「インベスだ」

貴虎もいつものポーカーフェイスはどこへやら、驚きの表情が隠せていない。こんな化け物、初めて見たら誰だって足がすくむさ。さあ、どうするか。インベスは俺たちを見つけりゃ、そくざに襲ってくる。おいおい、俺が戦うしかない。ロックシードを出したとき、俺の前に黒い影が立ち塞がった。何してるんだ。あんた、丸腰だろ？

「アイムを連れていけ！　早くしろ！」

貴虎はパイモンとグシオンを一喝した。その声に二人とも圧倒され、やっと恐怖から立ち直ったようだ。

「……でも」

「すべての大人がお前の考えるような奴ばかりじゃないってことを教えてやる。行け！」

グシオンはその声にすぐに反応し、俺の肩を担いで逃げるようにその場を後にした。パイモンもあたりを警戒しながら後をついてくる。後ろを振り返ると、貴虎がインベス相手に素手で応戦しているのが目に入った。無茶だ。あんなの、殺されちまう。もう嫌なんだ。俺のせいで誰かが死ぬのは。俺の目の前で仲間が死ぬのは。怒りと悔しさで込み上げてきたものを抑えようと下唇を噛《か》むと血の味がした。ひどく苦い味がした。

体にようやく力が入るようになったころ、貴虎の姿は完全に見えなくなっていた。力を振り絞りグシオンの肩を振り払う。多分そこまで強くなかったのだろう。俺に押されたグシオンはよろけた程度で倒れはしなかった。

「貴虎を助けに行かねえと」

「あんな奴、ほっとけばいいじゃねえか」

「ほっとけるわけないだろ。命を懸けて、俺たちを助けるために、戦ってるんだ」

また体がふらつく。くそ。こんな肝心なときに、恩人も守れねえ、仲間にも心配させて。俺は何をやってるんだ。

「あいつは、俺が知ってる大人と違う。そんな気がする」

パイモンもグシオンも反対する言葉が見つからないようだ。俯《うつむ》いて黙ってしまった。それは同意を示しているってことでいいんだよな?

「ヘロヘロじゃない。そんな体で何をしようというの?」

聞いたことのない声だ。男のような低い声で女みたいな言葉を使う。でも、自信に満ちた声。現れたのは軍服の、おそらく男だ。ガタイが良く、特別な訓練を受けたのが聞かかなくてもわかる。おそらくと言ったのは、言動がまるで女みたいだからだ。こんな変な奴、巷《ちまた》じゃ見ない。と思ったら見知った奴もいたな。その軍服男の後ろからおずおずと出てきたのはフォラスだ。

「フォラス、誰だそいつは」

なぜか言葉を濁すフォラス。間髪いれずに軍服男が師匠と呼べと一喝すると、今度ははっきりとそいつに返事をした。一体なんなんだ。

「あなたたちのところにいた、記憶を失ったイイ男を探してるの。知ってるわよね」

俺が貴虎の名を口にするとカッコイイやら惚《ほ》れるやら言って、女みたいな反応で喜んだ。貴虎の仲間なのか？

「貴虎になんの用だ？」

「アタシの雇い主から、奴を始末するように言われてるの。それだけ。あなたの元にいたら、アタシの愛しい人はやってくるかしら？」

前言撤回。こいつは敵だ。ロックシードを見せると奴は笑った。待ってましたと言わんばかりの顔だ。そして奴もロックシードを取り出した。見たことのないものだ。

「ロックシード。あいつの腰の、戦極《センゴク》ドライバー」

「あいつもアーマードライダーってことか？」

軍服男の呼びかけでフォラスも参戦する。ニヤニヤといつもの嫌な笑みを浮かべて、俺たちを全滅させる気だ。

「覚悟しろよ」

そう言ってロックシードを取り出したのと同時に、それを落としてしまった。手が滑ったわけじゃない。胸を押さえて苦しみ始めた。軍服男が情けない男だと言いながらフォラスに活でも入れようとしたのか近づいていく。

「フォラス。……もしかして、お前もなのか？　急に胸が苦しくなる。そうだろ？」

さっきまで余裕をかましていた軍服男が足を止め、俺たちの話に動揺しているようだ。

フォラスはもう立ってはいられない状態で、息も絶え絶えに言葉を発した。

「……バロックの……グラシャも……。まさか……、俺まで……」

その言葉を最後にフォラスは豹変《ひょうへん》した。獣のような咆哮をあげ、近くにいた人間をなりふり構わず襲おうとする。最初の標的はフォラスの仲間、軍服男だ。しかしそいつは強かった。フォラスだってチームのリーダーだ。それなりに強い。そんな奴の全力の攻撃をいとも簡単にあっさりと止めた。この軍服男も相当強いということか。それでも少し驚いていた。どうやらフォラスの力がいつもより強くなっているらしい。

「どうしたんだ、フォラス！」

俺の声もまるで聞こえやしない。獣にでも取り憑《つ》かれたみたいだ。今も唸《うな》り声をあげ息を荒らげている。そしてその場にいる人、物、なんでも壊そうと襲ってくる。おい待てよ。冗談きついぜ。まるでそんなの……。

「何を言っても無駄なようね。きついお仕置きが必要みたい」

真正面から向かってきた自分の弟子を、蹴り飛ばした。もちろんフォラスは吹っ飛んでしまった。そして大きな声をあげたかと思ったら光に包まれた。強い光でとてもじゃないが直視できない。光がやみ、ゆっくり目を開けると、すぐに目に入ったのはフォラスの変わり果てた腕だ。なんだよその、化け物みたいな手は。そしてフォラスは再び人を襲いだした。目の前の出来事をまだ呑《の》み込めていない俺たちは立ち尽くすばかりだ。フォラスがグシオンに襲いかかったとき、仲間の危機にようやく目が醒め、間に割って入る。フォラスの目を見て、何度も名前を呼んだ。フォラスの目には光がなかった。そして何度目かで化け物の腕の力が弱まった。もう一度目を合わせると光が戻っていて、いつものフォラスだとすぐにわかった。

俺はフォラスが戻った安堵感《あんどかん》でいっぱいだったが、フォラスは違った。額には大粒の汗を流し、顔はみるみるうちに絶望に満たされていった。

「なんだよ。なんでだよ。この腕、俺の腕かよ。ああ……。どうして、どうしてこうなった」

大きな声をあげた。それはさっきの獣の咆哮じゃない。フォラスの、絶望した人間の悲痛な叫びだった。そのままフォラスはこの場を走り去っていった。俺は今ここにいる全員に追いかけようと提案した。軍服男は止めた。尋常な強さじゃない、と。なんだよそれ、仲間だろ? 今フォラスは一人で苦しんでんだよ。それとも、フォラスはもう人間じゃないっていうのか? パイモンも追うことに反対した。でも、俺は思うんだ。今フォラスに起きていることはきっと他人事《ひとごと》じゃないと。軍服男も同じことを考えていたようだ。結局は、ベルトを触りながら俺に同調してくれた。きっと同じことを考えているのだろう。俺たちはフォラスの後を追った。

結論から言えば、フォラスを見失った。人間の速さじゃねえ。パイモンは何かに気づいたのか、ずっと俯いて考え事をしている。フォラスの捜索が始まってからしばらくして、グシオンが重い口を開いた。ずっと何かを言いたがっているのは気づいていたが俺から聞くのは避けた。なんとなく、今それを口に出して言ってしまうと俺も必死に抑えているこの感情が爆発してしまう気がして。フォラスのあの顔を間近で見ちまったのもあって、あんな顔を仲間には見せられねえと思った。だからか、グシオンはずっとタイミングを見計らっていたみたいだ。そして今がそのときと判断したのだろう。

「あれってどういうことなんでしょうか?」

その場の空気が少し変わった。グシオンは開けてはいけないパンドラの箱を開けてしまったのかと、少し後悔したような表情になった。話を続けたのはフォラスの仲間だった軍服男だ。

「あんた、最近胸が苦しくなるって言ってたわね。グラシャって子もそうだって言ってたわ」

そうだな。チームのリーダーが揃《そろ》いも揃って同じ病気でももらったか。そんなわけないよな。

「皆アーマードライダーになって戦ってる。それが共通点。だとすれば、アーマードライダーになった者は、皆ああなってしまう。そう考えるのが自然じゃない？」

今考えれば、ごく自然なことなんだ。超人になれる道具なんて、何か代償があるに決まってる。気づけなかったのは、俺が子供だからか？

ふとあることに気づいた。どうして気づいてしまったんだろう、どうして気づかなかったんだろう。それなら、あの日のことあいつのこと、すべて説明がつく。でも、信じたくない。そんな悪夢が続いてたまるか。誰かにそれは違うよと否定してほしくて、声に出してみた。俺はあんまり賢くないから、賢い誰かに根拠をもって否定してほしくて。

「ひょっとして……リーダーも」

パイモンの顔がまた曇った。違うんだ、パイモンそうじゃない。俺はただ、否定してほしいんだ。そんな顔したら、これが本当のことだって言ってるみたいだろ。

「そのリーダーってのもアーマードライダーで、苦しむようになって、どこかに消えた。

死体もなく、死んだ現場は誰も見てない。なら、あの化け物になった。そう考えるのが自然じゃない」

「くそ！」

どうしてそんなにひどいことができるんだ。何をしても、俺たちは救われない。戦い続けて、生き残ればまた太陽をおがめると。サイモンにまた会えるって、そう思って俺たちは命を懸けてきたんだ。なのに、戦い続けたら化け物になっちまうって？　どうしてだ。俺たちが何をしたっていうんだ。俺たちはどうしたらいいんだ。この先のことを考えても考えても結果は同じ。未来はいつだって絶望的だ。

近くでインベスの鳴き声がした。またあいつだ。白虎のインベス。現れたのはやはり、いつものインベスだった。そしてしゃにむに人を襲う。しかしこの場にいるのは全員戦い慣れした手練ればかり。そう簡単にやられはしない。奴の攻撃を皆どんどんかわしていく。前まではインベスを倒すことになんの躊躇《ためら》いもなかったのに、今となっては蹴りを入れるのにも迷ってしまう。だってこいつは元は人間で、下手したら俺の知ってる奴かもしれなくて。……まさかな。そんなわけ、ないよな。

軍服男が仕方がないといった感じでインベスとの戦闘を始めようとしていた。しかし、それは止めた。確かめたいことがあったからだ。

「あいつはこの地下都市に現れた一番初めのインベスだ」

「あら、そうなの？　だから何？」

「リーダーがいなくなってからだ。……あいつが現れるようになったのは」

グシオンが悲しみに顔を歪《ゆが》めた。パイモンはわかっていたんだろうな。フォラスのあれを見たときから。苦しそうな顔で俯いた。

やっぱりそうなのか。サイモンお前、インベスになっちまったのか。

サイモンは俺に標的を絞り、襲ってきた。その爪を今度はかわすのではなく、真正面から受けて立った。

「リーダー、あんたなのか？」

わかってた。返事なんてない。あるのは獣臭い嫌な臭いと、人とは思えない荒い息遣いだけだ。でも、気づいちまったから。それはもう、俺たちの希望で、英雄で、憧れの的、サイモンにしか見えねえんだよ。

「おい！　目を醒ませ。目を醒ましてくれ！」

「無駄よ！　その化け物に人の言葉がわかると思って？」

わかるかどうかなんて知らねえよ。それでも、こいつは人だったんだ。仲間の言葉をいつも笑って聞いてくれる奴だったんだ。

サイモンが俺の手を振りほどいて今度はグシオンのほうへ。リーダーがインベスになった、その事実にまだ立ち直れていないグシオンはそいつの攻撃を回避するのに反応が遅れた。仲間の危機に、いち早く反応できたのはこれまでの戦いの成果だ。ロックシードを手にとり、変身しようとする。

「やめなさい！」

ロックシードを掲げ、ベルトに装着する手前で腕を掴まれた。目の前には軍服男が立っている。どうして止めるのか、強く怒りのこもった口調で問いただすと、相手はそれ以上の怒気を帯びた口調で返してきた。

「そいつを使ったらどうなるか。あんたもあんなふうになりたいの？」

化け物になりたい奴なんているわけねえ。でも、それでも、俺には自分がどうなろうと守りたい、大切なものがあるんだ。

「このままじゃ二人が。目の前の命を助けるのが先だ」

制止を振りきって、ロックシードをベルトにはめ込んだ。そして俺は変身した。もう何度目になるのかわからない。俺に残された猶予はあと何回だ。

気合を入れ直すため、大声をあげてインベスに立ち向かった。

「グシオン！　大丈夫か！」

グシオンがけがしちまった。すまねえ、俺の判断が遅れたばかりに。

「リーダー！　サイモン！　俺だ、アイムだ。目を醒ませ！　頼むから、目を醒ましてくれ！」

インベス特有の雄叫《おたけ》びをあげ、俺に攻撃を仕掛けてくる。サイモンにけがをさせないように注意するが、相手が俺を本気で倒しにきているだけあって避け続けるのは難しい。でも、俺にはサイモンが苦しんでいるように見えるんだ。時折、攻撃をやめて頭を抱えるときがある。それは獣らしくない、人間みたいな仕草だ。もしサイモンの自我が残ってるとしたら、俺たちを執拗《しつよう》に狙うのは俺たちに会いに来ているからで、それがサイモンのSOSだって思うのは、俺が良いように考えすぎなのか？

サイモンがまた頭を抱えて苦しんでいる。今呼びかければ、元に戻る気がして、サイモンの目を見て名前を呼ぼうと思った。完全に油断してたんだ。俺を突き飛ばしたそいつは迷うことなく、グシオンとグシオンの手当てをしているパイモンに襲いかかった。間に合わない。

「やめろ！」

そのときのことはあまりよく覚えていない。気が付いたら勝手に体が動いていた。剣をとり、サイモンを斬った。しかし、何度斬っても立ち向かってくる。だから、ベルトについた小さな剣に手をかけた。三度振り下ろせば、男の声がする。力がたまり、その全エネルギーをインベスにぶつけた。サイモンはその場に倒れた。

「リーダー！」

倒れた化け物の元にすぐに駆け寄った。そいつはやっぱり化け物の顔だったが、確かに俺の名を呼んだんだ。

「……ア……イム……」

俺は仲間を殺した。この手で。ライダースーツの中で涙は自然と流れた。

「うわあああああ!」

第三章

【影正の章】

僕は、ある男を殺さなければならない。

このトルキア共和国は主だった産業もないうえ、貧しく、さらに国としての機能はほぼないに等しい。そんな国だ。近隣の諸外国でさえ、滅びた国だと思っているだろう。海外からの訪問者など、流れ者のわけあり連中か、罪を犯した者が隠れる場所を探して来るか、そんな程度だ。しかし、今回の奴は違った。黒のスーツを身にまとい、貫禄《かんろく》のある出《い》で立《た》ちで単身堂々とこの地に足を踏み入れた。

呉島貴虎《くれしまたかとら》。ユグドラシル・コーポレーションの研究部門の主任にして、呉島家の当主。日本での一件以降、各国を回ってユグドラシルの膿《うみ》をつぶして回っていると聞いた。だから、いつかこの国に来ることも想定の範囲内だ。待っていたよ、この日を。さあ、迎えに行こうか。

まずは刺客を送りつけた。何人もの訓練された部下を送ったはずだが、あいつに傷一つつけることは叶《かな》わなかった。まあいい。直接手を下すのはこの僕だ。

隠れて隙を窺《うかが》う。この日のためにとっておきのを用意したんだ。あいつが仲間との通信を切った瞬間に飛び出した。

「よくこの国に来れたね」

弾丸を一発。もちろん急所は避けたさ。これくらいで死んでもらっちゃ兄さんが浮かばれないからね。一つ、想定外だったことといえば、倒れた奴が地下都市に落ちてしまったことだ。あそこはネズミの巣窟。隠れられたら少々面倒なことになる。まあいい。幸いあそこには鎮宮《しずみや》家の管理するカメラ、盗聴機具がたくさん仕掛けてある。気分のよくない代物ではあったが役に立つときが来た。必ずこの手で息の根を。呉島貴虎。

兄さんは、最期のそのときまで完璧だった。だから兄さんの死は名誉ある死だと思っていた。あの話を聞くまでは。八年前のあの日、斬月《ザンゲツ》になって戦うのは呉島貴虎のはずだった、兄さんを殺したのは呉島貴虎のようなものだ、と父さんが漏らした。僕は父さんを信用していない。最近起きた地下都市での大規模抗争の一件からね。しかし、インベスは人間、このことを知らなければ、僕が兄さんの死の真相に辿《たど》り着くことはできなかった。兄さんといい、あのサイモンという青年といい、本当の英雄っていうのは損ばかりしているんじゃないだろうか。でも兄さんは損なままでは終わらせない。必ず仇《かたき》をとるから。見ていて、兄さん。

部下から地下都市での呉島貴虎の報告を聞いたとき、今までにない激しい怒りを覚えた。

「先頃、勃発した三チームの抗争にて、呉島貴虎の姿を確認しました。調査を進めた結果、奴は記憶を失っているとのこと」

記憶喪失だと？　まったく。笑えない冗談だ。あいつは自らが犯した大きな罪をきれいさっぱり忘れ去ったとでもいうのか？　そんなことは許されない。絶対に。

「すぐに部隊を送り込んで始末を」

「やめろ」

あいつを他の奴が殺すなんて、それこそ笑えない冗談だ。

「僕がやる」

罪を忘れたまま死ぬなんて、そんな生ぬるい死に方は僕が許さない。お前の過ちすべてを思い出させた後、兄さんが受けた無念さを、屈辱を味わわせ、殺してやる。

「もう一つご報告が」

「なんだ」

「こちらをご覧ください」

部下が提示した資料映像は地下都市のものだった。さっき起きたという三チームの抗争か。また、子供が死んだのか？　無情に徹して、その映像を見たが予想していたものとはまったく違った光景であった。

アーマードライダー斬月。確かそれは呉島貴虎の変身した姿だったはずだが。

「呉島貴虎はこのアーマードライダーに命を狙われていました」

「じゃあ、こいつは誰だ」

郵便はがき

料金受取人払郵便

小石川局承認

1904

差出有効期間
2020年12月
2日まで
(切手は不要です)

112-8731

東京都文京区音羽2-12-21
(株)講談社　第六事業局
「講談社キャラクター文庫」行

愛読者カード

今後の出版企画の参考にいたします。
ご記入の上ご投函ください。

お名前

ご住所 〒

電話番号

メールアドレス

今後、講談社から新刊のご案内やアンケートのお願いをお送りしてもよろしいでしょうか？ ご承諾いただける方は、右の□の中に○をご記入ください。

●講談社から案内を発送することを承諾します。 □

TY 3148763-1811

この本の書名を
お書きください。

あなたの年齢　　歳　　性別　男　・　女

●この本を何でお知りになりましたか？

1 書店で実物を見て　　2 チラシを見て　　3 書評・紹介記事を見て
4 友人・知人から　　5 インターネットから　　6 Twitter から
7 その他（　　　　）

●この本をお求めになったきっかけは？（○印はいくつでも可）

1 書名　　2 表紙　　3 内容紹介　　4 著者のファン　　5 帯のコピー
6 その他（　　　　）

●最近感動した本、面白かった本は？

●好きな作家・漫画家・アーティストなどを教えてください。

★この本についてお気づきの点、ご感想などを教えてください。

ご協力ありがとうございました。

「不明です。ベルトを盗み出された形跡もありません」

戦極《センゴク》ドライバーなしでアーマードライダーになることは不可能。僕の他にも奴を殺したい奴がいるのか。そうはさせない。作戦を急がなくては。それにしても、アーマードライダー斬月。いや、まさかな。この世にもう一人いた斬月は死んだ。あの業火の中で生きていることはないだろう。ああ、あの人にも報告に行かなくては。それが一番気が重い。

トルキア共和国にたった一つ存在する、貧しい国には似つかわしくない建物、鎮宮邸。家というにはこの建物は荘厳すぎる。日本にかつてあったユグドラシルタワーに少し似ているが、あれよりも遥《はる》かに高く設計されている。なぜここまで高くする必要があるのか、かえって危険ではないかと父さんに進言したことがあった。そのときはあの杖《つえ》で数度殴られ、床に突っ伏した僕に、あの人は言った。

「虫けらたちが本当に虫けらのように見えて愉快だ」

おこがましい。神にでもなったつもりか。結局、この人は呉島家が羨ましくて仕方ないのだ。周りからは呉島家と鎮宮家、両家で作られた巨大企業、ユグドラシル・コーポレーションを見て、その力は拮抗《きっこう》していると思われがちだが、実情は呉島家を凌《しの》ぐ成果を鎮宮家は上げられなかった。なにせあちらには戦極凌馬《せんごくりょうま》という、他には代えがたい有能な科学者がいる。そしてその才能を見出《みいだ》したのが呉島天樹《あまぎ》、その人だ。もともとの器が違うのだ。鎮宮鍵臣《かぎおみ》という男は、貴族以外の存在を完全に見下している。孤児院から才能を発掘するなんて発想、奴にはないだろう。そんな呉島を羨み、妬み、しかし無敵の存在である呉島が自分と友好的なことに優越感を感じているところもある。恥ずかしい人だよ、本当に。

「どこへ行っていた」

答える前から今日は殴られる日だとわかった。

「奴らの様子を監視していました」

「いつまで経《た》っても自覚がないようだ。貴族たる自覚を持て」

杖を使った左からの打撃。いつもワンパターン。僕が甘んじてそれを受けるのは、あなたと同じ空気を一秒でも長く吸いたくないからだ。そしていつも決まった講釈を語って聞かせる。要約すればもっとしっかりしろ、だ。それを毎度のことながら長々と、鎮宮家やトルキア共和国の歴史まで絡めて話すのだ。苛立《いらだ》ちを隠すにも限界がある。

「……ということだ。これらをこの痛みと共に刻み込め」

このキーワードが出てきたら、必ず例のワンパターン攻撃が繰り出される。いつもなら黙って受け入れるところだが、呉島貴虎のこともあり、今日の僕は少々気が立っていた。

左から来る杖を片手で摑《つか》むと、目の前の人物はひっくり返って驚いた。

「わしに逆らうか」

逆らうつもりはない。今は。急に倒れたせいで激しくせき込む父親。苦しがる父をここまで冷ややかに見る子供が他にいるだろうか。放っておいてもこの人は近いうちに病気をこじらせて兄さんの後を追うだろう。まああの世でも兄さんに会うことは叶わないさ。この人は間違いなく地獄行きだろうから。僕が鎮宮家の当主になれば、兄さんの遺志を継ぐ。

この部屋にいると気が滅入《めい》る。さっさと要件を済ませてしまおう。

「アーマードライダー斬月が現れました」

「呉島……貴虎か？」

随分怯《おび》えている。自分の悪事が呉島に露呈することを恐れているのだ。

「いえ、斬月が呉島貴虎を襲っていました」

「どういうことだ」

父さんも知らないのか。斬月のことはまたこの人の悪巧みだと思っていたが、そうではないらしい。知らないなら、ここに用はない。

「待て、お前に紹介したい奴がいる。入れ」

大きすぎる扉から、軍服を着た大男が入ってきた。

軍服の男は、父さんにたずねる。

「あなたが雇い主？　よろしくね。それで、依頼内容は？」

「ある男を抹殺してほしい」

部下からある男、もとい呉島貴虎の写真を受け取った女言葉を使う傭兵《ようへい》はくねくねしながら喜んだ。鍵臣は表情も変えずに言う。

「探し出して抹殺しろ。一刻も早くだ。おい」

再び部下が来て、傭兵にトランクケースを渡す。中身については僕も驚いた。まさか一介の傭兵にライダーシステムを預けるなんて。傭兵は喜んで、すぐに地下都市へと降りていった。

僕も急がなくては。傭兵にも斬月にもやらせない。あいつをやるのはこの僕だ。

戦極ドライバーとブドウのロックシード。使い続ければインベスとなる病に感染する可能性のある危険な代物。使うのを躊躇《ためら》うところではあるけれど幸か不幸か、これは呉島貴虎の実弟、呉島光実《みつざね》の使っていたものと同じだということは事前の調査でわかっている。

初めの作戦では、これを使い、〝実の弟〟に殺される、あの男にお似合いの死を演出する予定だったが、まさか記憶喪失になるとはね。まずは記憶を取り戻してもらわないと。自らの罪を自覚してこそ、罰は意味あるものになるのだ。そこで新たな作戦だ。アーマードライダー龍玄《リュウゲン》を使ってあいつを地下都市から連れ出す。

奴の記憶喪失の原因は地下都市へ落ちたことによる外傷性のもの。軽いものであれば、当人が強烈に記憶しているものを見せるなどすれば瞬時に思い出すこともあるそうだ。あいつに少しでも人間の心が残っているのであれば、この国において奴が強烈に記憶に残っている場所は一つしかない。あそこに連れていく。

鎮宮家の管理体制に頼るのは癪《しゃく》だったけど、傭兵や斬月が奴を狙っている以上そうも言っていられない。監視カメラの映像からわかったことだが、奴は今、あるチームの子供たちと行動を共にしているようであった。アーマードライダー鎧武《ガイム》を擁《よう》するこのチームはかつてのサイモンの仲間だ。彼らに素性を知られるのはまずい。地下都市ではどうもあの日の大規模抗争を引き起こしたのは僕、サイモンを殺したのも僕、おまけに父が仕掛けた馬鹿げたゲームも僕が仕掛けたということになっているらしい。とんだ大悪党だ。あらぬ恨みをかって殺されるなんて笑えもしない。特にサイモンの仲間、オレンジ・ライドは僕を探しているとの情報があがっている。彼らに真実を話すことはできない。君たちの大好きなサイモンは君たちのために戦い続けたせいで化け物になった、なんて今地獄にいる彼らにとっては残酷すぎる話だ。そうだろ？

呉島貴虎をおびき出すチャンスは必ずある。それまで待つんだ。大丈夫、あいつがこの国に来るのを僕がいくら待ったと思ってるんだ。

そして、そのときは来た。インベスの出現により、オレンジ・ライドと呉島貴虎は別行動をとることとなった。僕は運や奇跡といった類いの言葉は好きではない。むしろ嫌いだ。だからオレンジ・ライドのリーダーがライダーシステムの副作用を発症したちょうどそのときにインベスが彼らを襲ったのも、もちろん偶然なんかじゃない。彼の副作用の発症スパンが短くなってきているのは調査報告によりわかっていた。彼がアーマードライダー鎧武に変身し、それを解いたときが狙い目だと思っていた。それに合わせてインベスをヘルヘイムの果実でおびき寄せ、タイミングを見計らって彼らに遭遇させることは難しいことではなかった。記憶を失った呉島貴虎が、今のあいつにとって初めて目にするであろう異形の化け物、インベス相手に一人で立ち向かうかどうかは正直なところ賭けではあった。これだけは僕の嫌いな運というやつに頼るほかなかった。とはいえ、僕はこの賭けにほぼ勝つだろうという見込みがあった。僕の予想どおり、呉島貴虎は子供たちを逃がし、一人になった。記憶喪失になろうが人間の本質というものはそう簡単に変わらないらしい。

無謀にもインベスに素手で立ち向かうらしい。普通の人間ならまず最初の一、二発ほどで致命傷にすらなるだろう。しかしそこはさすが呉島とでもいうべきか。およそ人間とは思えないしなやかな動きでインベスの攻撃をかわし続けている。インベスの速さについていっているというよりは、長年の実戦経験から相手の次の動きを予測して動いているといったほうが正しいだろうか。あんな奴がアーマードライダーになれば僕に勝算はない。

やはり、あいつの持っていた戦極ドライバーは二度と持ち主に返すべきではないようだ。

しかし奴もとうとうスタミナ切れ。次第に動きが鈍くなり、インベスの攻撃を少しずつ受けるようになってきた。初めは前髪が数本切られた。次に服の裾が破れ、ついには右腕をかすった。傷口からは血が溢《あふ》れ、黒い服に染み出している。出ていくなら今だろう。アーマードライダー龍玄の姿で呉島光実になりすます。記憶のない今ならさらに好都合だ。命の危機を救ってやった英雄を気取れば、信頼性は高くなるだろう。呉島貴虎の死角からインベスを狙ったそのとき、思わぬ邪魔が入った。

僕は妥協を許さない。だから運や奇跡なんて言葉が好きじゃないんだ。僕の周りには目の前に餌を垂らされるとそれが罠《わな》かどうかも考えず、我先にと飛びついてしまう馬鹿が多くいる。そいつの失敗を見て、真の正解を導き出すのが僕のやり方だ。けれど、それにより僕の行動は常に一歩遅れる。今回もそれが裏目に出た。僕よりも先に奴の処刑人に名乗り出たのはあの傭兵であった。

「こんにちは。あなたを探していたの。ベリアルって呼んでちょうだい」

それにしても、どうしてこんなに早く呉島貴虎の居所を見つけられたのか。プロの仕事とはいえ早すぎる。すると、少し離れたところからマシンガンのような音がした。ここにはそんな高性能な武器はないはずだが。その音のほうに向かって傭兵、いやベリアルが声を荒らげた。すると腰の低い少年が見るからに扱いに慣れていない大きな武器を手に現れた。あれはグリーン・ドールズのリーダー、フォラス。なるほど。情報提供者がいたわけか。

自己紹介を勝手に終え、ベリアルは先制攻撃を仕掛けた。化け物二匹を相手に、呉島貴虎は奮闘していた。フォラスもなんとかマシンガンを撃つが、重くて照準が定まらず、あらぬ方向に攻撃している。ベリアルはといえば、ターゲットとの一騎討ちに度々割って入ってくるインベスをわずらわしく思っているようだ。呉島貴虎、ベリアル、インベス、三者は入り乱れ、その戦いは次第に誰も止めることができず、入ることもできないほどの乱戦となっていった。

流れを変えたのはベリアルであった。プロの殺し屋の仕事は一味違った。三者で入り乱れた戦いをしているのかと思いきや、呉島貴虎とインベスの急所を的確に狙い、また防御することも忘れてはいない。自分の体の効率のいい動かし方を熟知しているのであろう。一番体力を削られているのは呉島貴虎のように見える。そしてベリアルは連れてきたフォラスにインベスの相手をさせるよう仕向け、取り出したナイフで呉島貴虎を追い詰めた。

「もっと長く楽しみたかったけど。さようなら」

ベリアルのナイフが呉島貴虎に振り下ろされたとき、それが僕には絶好の機会であった。乱戦の場に銃を何発か発射。突然現れた襲撃者にその場にいた全員が手を止めた。ベリアルの力はよくわかった。初めからアーマードライダーの力を駆使し、全力でいかせてもらう。ベリアルと呉島貴虎の間に入り、奴を守るようにベリアルに対峙《たいじ》する。

「大丈夫だった？　兄さん」

　僕の後ろにいる奴にそう呼びかけると、少し考えた後に実の弟、光実の名前を呼んだ。

作戦は成功のようだ。

　ベリアルとの戦いもアーマードライダーの力があればそれほど難しいものではなかった。そうはいってもベリアルにも変身されるとこちらの分が悪いことには変わりない。さらにフォラスもアーマードライダーの力を持っているはず。力の差は歴然である。利用できるのは今にも僕にターゲットを変え、襲いかかってこようとしているインベス。銃口を向け、一発。急所はわざと外した。そしてベリアルとは格闘戦となるが、アーマードライダーであればその速さ、力強さにもついていける。その巨体をインベスとフォラスのほうに蹴り飛ばした。インベスの標的がベリアルに変わったのを確認し、呉島貴虎を連れてその場を退散した。フォラスの持つマシンガンが少し気がかりであったが、どうやらすでに弾切れになったらしい。ベリアルの喝が聞こえた。

　ベリアルを振りきり、呉島貴虎を地下都市の出入り口付近まで誘導することに成功した。この場所は鎮宮の関係者の中でもごく一部にしか知らされていない。なぜならここは使われることがないからだ。この秘密通路を通ると、かつてのユグドラシル・コーポレーションの支社に行くことができる。この国を焼き尽くしたスカラーシステムのあった場所だ。支社自体は大火災の影響でひどい状態であるが、何もかもを破壊された民家よりはその形が残っているだけましと言うべきか。

あの日は思い出したくないほどの地獄の一日だった。朝早くから鎮宮家の人間はこの国を出る準備をし、早々に出発した。兄さん以外は。僕は兄さんの代替品として生かさなくてはいけない重要人物となったため、兄さんがこの脱出計画に参加していないことは知らされていなかった。兄さんがスカラーシステムを起動させるため残ったとわかれば、僕は迷わず兄さんの元に行くだろう。だから父さんは僕に兄さんのことを言わなかった。兄さんが脱出した車のどれにも乗っていないことを知ったのは国の外から燃え盛る炎を見ているときだった。まだ子供だった僕は大人たちが何を言っているのかわからず、ただ立ち尽くしていた。

「尊い犠牲だった」

「仕方がなかった」

「彼は立派だった」

そんな御託を並べて、僕を慰めてくる大人に憎悪すら感じたのを今でも忘れない。

焼け野原になった後のトルキア共和国はそれはもう悲惨なものであった。それが人間だったのか、はたまたインベスだったのかも判別が難しいほど丸焦げのものがそこら中にあって、ひどい臭いが蔓延《まんえん》し、建物はほとんどが壊れていた。奇跡的にユグドラシルの支社だけが少しばかり形を残し、スカラーシステムのコントロールルームもまた残っていた。

国民を皆殺しにした〝王宮〟など、もはやなんの意味もない。今の鎮宮邸は太陽からその廃屋を隠すようにして建っている。無意味なものに意味を見出し、勝手に嫉妬しているのだからやはり父さんは愚者だと言わざるを得ない。

背中から、呉島貴虎の視線を感じるが何も喋《しゃべ》らない。作戦はこれからが本番だ。気は乗らないが兄を心配する弟の役を演じる必要があるようだ。

「どうしたの？　けがでもした？」

「本当にお前は光実なのか」

ここでばれては作戦が台なし。言葉は慎重に選ばなくては。

「どういうこと？」

実のところ、呉島光実には会ったことがない。だが、経歴から推測した人物像は優秀な弟であるということ。また、過去に何度か呉島貴虎自身から彼の話を聞いたことがある。真面目で従順。いつかは自分の右腕として働くよくできた弟だ、と。しかし、それはどうだろうか。経歴と話を聞く限りではその推測は確かに間違いない。そんなこと、誰でも容易にできること。しかし、日本のユグドラシルが崩壊したのは戦極凌馬の反乱、暴走が主な原因とされているが、上層部の一部の噂《うわさ》では戦極凌馬の計画に呉島光実も加担していたらしい。彼は高校生。そんな子供に何ができるのかと愚かな大半の大人は笑い話にしたそうだ。だが、僕はその噂は事実だと考えている。おそらく呉島光実は狡猾《こうかつ》な子供だ。僕と少し近しいところがあるような気がする。彼と僕の決定的な違いは、心から自分の兄を尊敬しているかそうでないかということくらいだろう。僕の兄さんは常に正しい選択をし、良識を持った神にも等しい完璧な人なのだから。

僕は呉島貴虎の前をゆっくりと歩き出した。秘密の通路を通り、あの部屋へ行くために。

初めは怪訝《けげん》な顔をして見ていた呉島貴虎であったが、どうやら僕の選んだ言葉は間違っていなかったらしい。すぐに警戒は解かれた。とはいえ、油断は禁物。相手はあの呉島貴虎、殺気を悟られては一巻の終わりだ。とはいえ、とりあえず第一関門は突破したらしい。僕のあとをゆっくりとついてくるその足取りは決して重いものではないのが、信頼の証《あかし》だ。だから僕は試しに変身を解いてみた。それでも、奴は僕の後ろをついてきた。そして記憶がなくなったことを明かした。

「教えてほしいことがある」

ああ。僕もお前に教えたいことが山ほどある。しかし、それも順番を間違えてはいけない。慎重に確実にいかなくては。呉島貴虎を侮るべきではない。

「鎮宮雅仁《まさひと》。この名前を知っているか？」

　まさか、そちらから核心をついてくるとは思わなかった。でも、それは僕にとっては好都合だ。

「兄さんの親友だった人。兄さんと一緒に、このトルキア共和国で任務にあたっていた」

　呉島貴虎の表情、目の動き、指の先から汗の一粒まで、慎重に見極めながら話を進める。腐っても鎮宮家の跡取りだ。交渉術は幼いころから叩《たた》き込まれている。また、僕はこういった類いの心理戦は得意中の得意であった。今目の前にいる男の心理は手にとるようにわかった。本当の弟だと思い込み、信頼しているようだ。僕の言うことを真に受け、なら今はどこにいるのかと質問を続けた。

「死んだよ。八年前にね」

　この言葉を絞り出すために、心を削った。この鎮宮に生まれて良かったと思えたことはただ一つ、鎮宮雅仁の弟だったことだけだ。その唯一の心の支えを失った、奪われた。その敵が目の前で兄さんのことを語っている。殺気を抑えるのに苦労したよ。

　呉島貴虎が顔をしかめ、また何かを考えているようだった。そんなことには構わず、話を続けた。

「この国で行った実験は失敗したんだ。そのせいで……」

「……感染者が溢れた？」

　今度は僕が顔をしかめる番だった。こいつ、どこまで思い出しているんだろうか。しかしこれが罠であれば、軽率に口走ったりしないだろう。ならば、何も出し惜しみすることはない。すべてを話してしまおう。すべてを思い出したとき、それと同時に殺してやろう。そして、おそらくそのときはそう遠くない。

八年前の地獄を懇切丁寧に教えてやった。この国に感染者が溢れ、鎮宮雅仁、兄さんもその一人であったこと、彼がスカラーシステムを発動させたこと。兄さんの偉業を話し終えた後、後方を歩く奴の様子を見るとまた何かを考えているようであった。まさに心ここにあらずといった感じだ。

また何かを思い出したのだろうか？　地下都市の人間との接触があったにしろ、先程から、兄さんの名前やこの国の〝感染者〟というワード、どうも知っていることが多すぎる。それも兄さんに関わることばかりだ。もしかして、兄さんが神様にでもなって、僕の手助けをしてくれているのだろうか。

目の焦点が合った。今が話しかける頃合いだろう。僕の呼びかけにすぐに応じた。

「……もっと詳しく知りたい？」

間髪いれずすぐに頷いた。そろそろ最後の仕上げだ。

「忘れたままのほうが幸せなことだってあるよ」

「それじゃあ奴が浮かばれない。私は自分の罪を思い出さなければいけない」

込み上げてくる笑いを抑えることはできなかった。なんだ、わかっているじゃないか、自分が罪人であることを。やはり僕は間違っていない。そう確信が持てたから、つい笑みがこぼれてしまった。こんな顔、見られたら終わりだ。実は兄が罪人だと知って嬉《うれ》しがる弟なんておかしいだろ？　とっさに奴に背を向けた。それと同時に、旧ユグドラシルのトルキア共和国支社へ続く大きな門が現れた。

「じゃあ、ついてきて。その話をするのに相応《ふさわ》しい場所がある」

重い扉は押すと簡単に開き、僕は呉島貴虎を中に招いた。しかし、それを簡単には受け入れてもらえなかった。またもや質問をしてきた。斬月についてだ。

「斬月は、呉島貴虎、兄さんが変身していたアーマードライダーの名前じゃないか」

何を企んでいるのか。読めない男だ。心理戦は僕の得意分野のはずなんだけどな。しびれを切らし、呉島貴虎に早く来るように促した。それには素直に従った。扉を閉める直前、ネズミが二匹ほどついてきているのがわかっていたが、まあいい。作戦に支障はない。

スカラーシステムのコントロールルーム。ほとんどが焼けて寂れている。ここで兄さんは死んだ。遺体は発見されていないけれど、あの地獄の中で生き延びられるはずはないと多くの大人が言った。僕も大人になるにつれてそれを理解した。兄さんは死んだんだ。ここで、正義のために。

この国を牛耳っている鎮宮家の当主、鎮宮鍵臣。彼のことを話すと意外な反応を見せた。奴から出てきた言葉は地下都市で今もなお地獄を見ている子供たちのことであった。やめろ。偽善者め。お前はそんな奴じゃない。俺が今から殺す相手は、この国を誰よりも考え、思っていた本当の善人を殺した悪魔のような男なんだ。

そう自分に言い聞かせていた、きっとこのときだ。僕に隙ができたのは。ずっと隠していた殺気が一瞬表に出た。それでもほんの一瞬だ。しかし奴はそれを見落とさなかった。

「何か、私に隠していることはないか？」

しまったと思った。時すでに遅し。呉島貴虎の目はすべてを悟った目だった。思い出した、すぐにそれが僕にもわかった。

「影正。雅仁の弟」

その言葉と同時にすぐに発砲した。もちろん背後から、確実に急所を狙って。かすったのは奴の左腕。血が少し出る程度の小さな傷だ。くそ、外したか。

この部屋に逃げ場なんてない。追い詰めて必ず仕留める。銃口をもう一度向けると呉島貴虎と目が合った。怯えた目はしていない。むしろ精悍《せいかん》にすら思えた。

「この国で斬月になるのは、呉島貴虎、あんたのはずだった。だけど、未完成の戦極ドライバーを使ったらインベスになってしまうことを知っていたあんたは、兄さんにその役目を押しつけた」

真実を知ってもなお、その顔つきは変わらない。やめろ、それは悪者がする顔じゃない。冷静にならなくてはいけない大事な場面に心がついていけず、怒りのボルテージはどんどん上がり、僕の中から冷静という言葉はなくなっていった。そして、すべてを思い出した呉島貴虎は確かに言った。「あいつに戦極ドライバーを渡したのはこの私だ」と。その言葉で僕は迷いがなくなり、引き金を引いた。だが奴を殺すことはできなかった。呉島貴虎もまた、靄《もや》がかかっていたのが晴れ、覚悟を決めたようであった。僕に黙って殺されてくれる気はないらしい。

そのとき、銃撃音が響いた。僕のものでも呉島貴虎のものでもない。現れたのはアーマードライダー斬月であった。斬月は僕を見るや否やすぐに斬りかかってきた。斬月の狙いは呉島貴虎。その先入観のせいで、迫りくる死の刃《やいば》から逃れる判断が一瞬遅れた。僕の腕を斬月の剣がかすった。痛みに耐えられず、その場に膝をつくと間髪いれずに僕に攻撃を仕掛けてきた。今度こそだめだ、僕はここで殺される。そう思ったとき、僕の前に立ちはだかったのは大きな背中だった。無敵のアーマードライダーに生身で立ちはだかり、身を挺《てい》して守ってくれた。兄さん？　いや違う。兄さんはもういない。僕を守ったのは他でもない、呉島貴虎だったのだ。斬月を突き飛ばし、その隙に僕を連れてこの場を逃げ出した。貴虎はコントロールルームの非常ボタンを押し、斬月を因縁の部屋に閉じ込めた。こんなにボロボロになってもこの建物のシステムはどうやら生きていたようだ。しばらく斬月は追ってはこられないだろう。

僕の傷のせいで長くは逃げられない。さっきの部屋からそう離れていないところに逃げ込んだ。何かの研究室だった場所なのだろう。ビーカーや顕微鏡があたりに割れて落ちている。今や見る影もないけれど。

「なんなんだあいつは！」

怒りに任せて怒鳴り散らすと、傷口が開くから喋るなと僕の復讐相手がたしなめる。一番なんなんだと言いたいのはこいつだ。今さっき自分を殺そうとしていた人間をなぜ守る。なぜそんな目で見るんだ。呉島貴虎の僕を見る目は、大人が子供に向けるそれと同じであった。冗談じゃない。弟の仮面をかぶる必要のなくなった僕は鎮宮影正として、奴にすべてをぶつけた。何を言うのかと思えば、奴の口から出たのは兄さんのことだった。

「あいつはいつもお前を自慢していた。出来のいい弟だと」

「出来がいい？　兄さんには敵《かな》わないよ。兄さんはいつも皆のことを考えていた。この国のことも。人類のことも。すごい人だった」

兄さん以上に英雄に相応しい人はいない。それに呉島貴虎は同意した。しかしそれさえも癇にさわる。奴の言うことすべてを受け入れられるほど、僕は大人じゃない。

「あんたのことはずっと調べていた。ユグドラシルを率いて世界を救った。本当ならそれは兄さんがやるべきことだったんだ」

ずっと真っ直ぐ僕を見ていた目が少しだけ曇ったような気がした。どこか空の向こう、遠い遠いどこかにいる誰かを思い出すように、僕の知らない名前を出した。

「世界を救ったのは私じゃない。世界を救ったのは、葛葉紘汰《かずらばこうた》。私は変われなかった」

こういう顔をする奴を僕は知っている。それは他の誰でもない僕だ。僕は兄さんに憧れ、尊敬しているけれど、兄さんになりたいとは思わない。僕には無理だからだ。呉島貴虎も、その葛葉紘汰という男に同じ思いを抱いているように見えた。

奴に向けていた銃口が下を向きかけたとき、研究室の外からゆっくりとこちらに来る足音が聞こえた。呉島貴虎が僕を守るように前に立つ。そして斬月は現れた。

「お前は逃げろ」

お前の言うことなんか聞かない。反発を示すとまるで兄のように僕を叱ったが、僕は聞く耳を持とうとはしなかった。そして斬月へと矛先を変える。

「ねえ、兄さんの恰好をして、どうして僕の邪魔をするんだよ」

今までずっと無言を貫いていた斬月が突然低い声で笑い始めた。耳につく、嫌な笑い方だ。僕は銃を構え、いつでも撃てる用意をし、もう一度そのアーマードライダーに忠告した。

「変身を解け。正体を見せろ！」

銃口を向けたところで相手の態度は変わらない。それどころか、初めよりも飄々《ひょうひょう》とした様子で僕に応えた。その声を僕は聞いたことがあった。聞いたことがある、なんてものじゃない。確実に知っている。でも、そんなはずはないんだ。だって彼はすでに死んでいるのだから。

「久しぶりだな」

変身を解いたその姿は、確かに僕の知っているその人だった。

「雅仁……」

隣にいる呉島貴虎は彼をそう呼んだ。そんな馬鹿な。

「兄さんは、死んだはずじゃ……」

兄さんのような姿をした奴は僕の質問に頷き、ゆっくりと近づいてきた。

「影正。そんな危ないものからは手を離せ。お前の手に血は似合わない」

僕は確信した。ああ、兄さんだ、と。歩き方、たたずまい、言葉、優しい笑顔。何も変わってない。間違いない。

こんな奇跡的なことってあるんだなと、今まで信じていなかった神様に生まれて初めて心から感謝をした。

銃を優しく僕の手から取り、僕をなだめるようにいつもの笑顔で微笑《ほほえ》んでいた。知らなかったとはいえ、僕は兄さんの邪魔をしてしまった。鎮宮家ではそれは許されない。必ず罰せられる。それでも兄さんからの罰なら僕は甘んじて受けようと思った。

「僕は兄さんの仇をとろうと思って……」

銃を持っていないほうの兄さんの手が動いた。とっさに殴られるのだと思い、歯を食いしばったがその必要はなかった。兄さんの手は僕の肩に軽く置かれただけであった。まるで僕を労《ねぎら》うように。見上げたそこには優しい兄の顔があって、次第に僕の視界はぼやけ、気が付けば一筋涙がこぼれた。

「なぜ、邪魔をするのかと聞いたな。教えてあげよう」

それからのことはあまり記憶にない。銃声が一発部屋中に鳴り響いたかと思ったら急激な痛みに襲われた。腕の傷も相まって、今受けた腹部への銃撃に僕は耐えきれずその場に倒れ込んだ。撃ったのは僕の目の前にいた人。今でも優しく笑って僕を見下ろしている。

「兄さん、どうして……」

「貴虎をこの手で葬りたいからだよ。影正」

血を流しすぎた。意識がおぼろげだ。しかし、ここで意識を飛ばせばもう戻ってこられないかもしれないと思った。僕が死ねば地下都市の子供たちを救えない。

生死の境をさまよう僕をよそに、兄さんと呉島貴虎の会話は続いていた。それをしっかりと聞いている余裕はないが、途切れ途切れに耳に入ってきた。

「俺は、スカラーシステムの凄《すさ》まじいエネルギーに焼かれた。そして煉獄《れんごく》の中で一つの答えに辿り着いた」

それを聞いて、やはり兄さんは死んだのだと確信した。

「力を持つ者こそが、世の覇権を握り、人々を導かねばならないと。俺は相応しい力を手に入れた」

何もないはずのそこから、禍々《まがまが》しい、三つの刃からなる槍《やり》のような武器が現れた。おそらくもう、兄さんは人間ではないのだろう。

もうだめだとすべてを諦めて、目を閉じようとしたとき、その男が目に入った。僕の瞼《まぶた》が下りる瞬間も、その男の目にはまだ光が宿っていた。彼は諦めてなんかいないのだ。呉島貴虎はさっきと同じ、精悍な顔で化け物と化した兄さんと対峙していた。あいつが英雄じゃない？　そんなの嘘《うそ》だ。やっぱり、呉島貴虎、お前だって僕とは違う、そっち側の人間じゃないか。

「雅仁。私との約束、覚えているか？」

「ノブレス・オブリージュ、か？」

ノブレス・オブリージュ、それは兄さんが口癖のようによく言っていた言葉だ。僕たち貴族は、弱き者のために奉仕するという考え方。僕は兄さんのその考えを尊敬していた。弱き者は貴族が虐げるためにいるんじゃない。弱き者を守るために貴族がいるんだと。そして、話はいつもこう続くんだ。それは貴族と民の間の話だけじゃないと。この世に生きとし生ける者全員に課せられた義務なんだと。誰しも守られ、守る者があるのなら、生きる意味のない者などこの世に存在しない。

「俺は自分に酔っていた。俺は間違っていた。俺は気が付いたのだ。弱き者は、強き者に支配されてこそ己の進む道を決めることができる。生きることができる」

違う。僕の兄さんはそんなことを言う人ではなかった。そう叫びたいのに、さっきのダメージのせいで声にならない。しかし、僕の言いたいことは呉島貴虎が代弁した。兄さんはそれを聞くと少し悲しそうに眉をひそめ、大きな槍を一振りした。

すごい風圧だ。少し振っただけで周りの物や壁が破壊された。呉島貴虎は僕を庇《かば》ったせいで自分の受け身がとれず大きなダメージを負うこととなった。うずくまる奴にゆっくりと兄さんが近づく。このままではあいつが殺される。とっさに兄さんの足を掴んだ。さっき出なかったはずの声が今はなぜか出た。これが誰かを守る強さってことなのか。

「やめてくれ、兄さん。そんなの兄さんじゃない！」

振り絞った声はなんとか相手に届いた。見上げたその先には、表情を変えずに僕を見下ろす兄さんの顔があって、ああ僕は殺されるのだと悟った。

「死にぞこないが。まずはお前から楽にしてやろうか」

槍が迫ってきている。避ける余裕なんてもうない。悲痛な声で僕の名を貴虎が叫ぶのが聞こえた。お前、さっきまで僕に殺されかけてたのに、どうしてそんな相手にそんな顔ができるんだ。

しかし、僕の背中に槍が突き立てられることはなかった。体を起こされ、誰かが肩を貸してくれる。現れたのは、グラシャ率いるバロック・レッドの面々であった。

「貴様の相手はこの俺だ」

グラシャが兄さんの槍を受け止め、まだ成長途中の体全部を使って兄さんの動きを止めていた。

「呉島貴虎。貴様に用があって来た」

呉島貴虎もバロック・レッドの子供に手を貸してもらい、起き上がったところであった。

「貴様は俺たちが貴族どもに反抗するための鍵だ。こんなところで死なせはしない。ベリト、オセ、そいつらを避難させろ！　必ず生かせ、わかったな？」

ベリトもオセも力強く頷き、大人二人を抱えて外への扉に急いだ。呉島貴虎は残ろうとしたが、さっきの傷がまだ疼《うず》くらしい。本調子ではなさそうだ。それに、グラシャの全身全霊の叫びが、後押しをした。僕たちは彼に救われ、その場を後にした。

第四章

【グラシャの章】

ただ強く、誰よりも何よりも強くあれ。俺にとって強さこそすべてだ。強くなければ何も叶《かな》えられない。何も守れない。己の弱きを憎め。今ここが地獄なのは俺が弱いせいだ。純粋な強さには誰も逆らえない。だから俺は強くならなくてはいけないんだ。

俺は今まで何度も強き者に踏みにじられた。初めはあいつら、ユグドラシルとかいう企業だ。奴らはこの国で実験を始めた。俺の家は貧しく、両親は自ら被験体に志願した。実験が成功すれば、被験者には莫大《ばくだい》な成功報酬が約束されていたからだ。そんなうまい話、初めから疑うべきだった。両親が帰ってくることはなかった。

俺はユグドラシルの研究室まで行ったことがある。両親に一目会えないかと思い、厳重な警備の隙をつき、侵入をはかった。昔から手癖が悪くて、生きていくため、盗みなんかもやってたから大人の目を欺くなんて簡単なことだった。しかし、後からそれをひどく後悔したのを今でも覚えている。そこで見たのは人間が化け物になり、そして殺される現場だった。両親は二度と帰ってこないのだと悟った。

俺は思った。もう少し、よく考えればこんなことにはならなかった。浅はかな両親にも、その光景を目の当たりにしても何もできず、こうしておめおめと帰ってきている弱い自分にも腹が立った。強くなければ、もっと賢く生きなければ、俺の人生も簡単に強い奴に踏みにじられる。幼くして、弱くいることの屈辱を知った。

ほどなくして、トルキア共和国の大爆発、および破滅の日が来た。それが俺の第二の屈辱だ。各地で化け物が現れたのを見て、すぐにユグドラシルの連中の仕業だと思った。そして、俺の国は焼き尽くされた。強き者の手によって。俺は怒った。弱き者が蹂躙《じゅうりん》されるこの国に、それを受け入れるしかない弱い自分に。

他人に原因を見出《みいだ》すということは、それは避けられない未来だったということになる。だから俺はいつも自分の弱さを憎んでいる。答えはいつも、いたって簡単だ。俺が強くあればいいのだ。

ある男がいた。太陽の光が届かないこの地下都市でそいつがその代わりだとでも言わんばかりに、いつも明るい男だった。奴はかつてのオレンジ・ライドのリーダーだった、サイモンという男だ。あいつは根っからの善人という奴だった。俺が戦い始めるとどこにいても飛んできて、仲裁に入ってくるような鬱陶しい奴だ。俺を弟か何かみたいに親しげに扱ってくる。そしていつも「グラシャはかっこいい奴だ」と俺を持ち上げる。摑《つか》めない奴だったし、俺は正直好きじゃなかったが、アイムたちがそいつを慕うのはよくわかる。

いつかサイモンに聞かれたことがある。

「なあ、グラシャ。お前戦うのが好きか？」

なんだ急に。確か、俺は答えなかった。

「俺はさ、戦うの好きじゃねえんだよ。誰にも傷ついてほしくねえからさ。だからアイムたちにはなるべく武器を持たせたくない」

甘い奴だと罵るとあいつは笑ってたな。

「でも、俺はそれが俺の強さだって思ってる。俺には叶えたい夢があるから、それを叶えるためならいくらだって強くなれるんだ。お前も夢、見つけろよ」

サイモンは強かった。毎回、戦いの真っ最中に仲裁に入ってくるような奴だ。もともと俺たちの中でも頭一つ抜けて強かったんだ。夢とはなんだと聞くと、あいつは笑ってごまかしていた。

「グラシャ。いつか皆で、外の景色を見に行こうな」

サイモンは不思議な奴だった。違うチームのはずなのに、皆に慕われていた。あいつは俺が今まで会った誰よりも強い奴だ。そんな奴でも、あっさりと殺された。

サイモンが死んだとベリトから聞いたとき、俺の敵は決まった。俺が一番倒さなくてはならない相手はアイムでも、ましてやフォラスでもない。この国で最も強く、最も消えるべき相手は貴族だ。だから俺は生き残る。奴らを滅ぼし、俺がこの世界を作り替える。弱い者が搾取されない世界に。俺が強くあり続ける。

俺は戦い続ける。今日もグリーン・ドールズとの戦いが始まった。こいつらとはもう何回目になるかわからないほど戦っているな。だが今日こそ決着のときだ。俺には時間がない。このベルトを使う度、心臓の動きが異常になり、全身が麻痺《まひ》したように動きが鈍くなる。チームの連中にはまだばれてはいないはずだ。強いリーダーが病に冒されていると知ったら、あいつらは弱くなる。それだけは避けなければならない。

こうなった奴を以前に見たことがある。オレンジ・ライドの元リーダー、サイモンだ。自分のチームにその症状を隠す代わりに俺の前ではよく苦しんでいた。味方に隠して敵にばれてちゃ世話ないなと思ったが、そうなっている奴を倒すのは強い者のすることではない。そう言うと、あいつは、だからお前は信用できるんだとわけのわからないことを言っていた。そういえば、アイムも心臓を押さえて苦しむ様子をオセが確認している。フォラスのそういうところは確認されていないが、あいつが敵の前でそんなところを見せるわけがない。そういえば、他の奴も苦しんでいる様子があった。それら全員の共通点はただ一つ、ベルトを使い、アーマードライダーになって戦っているということだ。ああ、そういうことか。このベルトも貴族から与えられたものだったな。過去に、貴族どもの実験で人間がインベスになるのを見た俺ならわかる。おそらく、このベルトを使い続ければ俺は人間じゃなくなる。あと何回だ。俺が変身できるのは。

戦いにはアイムも加わり、全三チームが揃《そろ》った。三人が刃《やいば》を交えようとしたそのとき、知らない大人の男が真ん中に割って入ってきたがもう止められない。そいつごと二人を斬ろうとすると、その大人をアイムが守るように前に飛び出た。

「おっさん何してんだ」

オレンジ・ライドの新しい仲間か。その男に気をとられ、少しよそ見をしたのをフォラスは見落とさない。得意の攻撃でドンカチを上から振り下ろしてきた。重い打撃だが、間一髪、剣で受け止めた。しばらくは俺とフォラスの一騎討ち状態。しかし、アイムも油断することはない。決して俺たちから目を離さず、隙あらば攻撃を仕掛けてくるだろう。

銃撃音がした。俺たちを狙っている。現れたのは新たなアーマードライダー。一目でわかった。おそらくこいつは強いと。ならば、強い奴を倒して俺はさらに強くなる。先手を打って、突っ込んだ。しかし、俺の攻撃はすべて大きな盾に防がれる。盾が邪魔だ。あいつには隙がない。どうすればいいかは、すぐにわかった。共闘するしかない。これまでの戦いの中でアイムとフォラスの呼吸は摑んでいる。作戦会議など無用。互いが互いの動きに合わせて戦うのみ。

先制攻撃は俺だ。何度も剣を振るい、奴の隙を作る。そしてグリドンとなったフォラスが死角をつき後ろから攻撃。ドンカチを大きく振りかぶって奴の急所に襲いかかる。俺とフォラスで挟み撃ちにしたが、そいつは大きな盾と剣を持ちながら身軽にふわっと横に飛んだ。しかしそれで終われるほど俺たちは甘くない。着地点にはアイムが待ち受け、飛ぶ斬撃を奴に食らわせた。空中ではさすがに避けられまい。誰もが勝利を確信した。しかし、終わったと思った戦いであったが、土煙の中からそいつは無傷で現れた。フォラスは一目散に逃げる準備を始めた。アイムも引くことを考えているだろう。なにせ背中にお荷物を抱えている。だが白いアーマードライダーの狙いはどうやらそのお荷物らしい。簡単には引かせてもらえない。

「アイム、俺たちは引かせてもらう」

フォラスの声が聞こえるが早いか、あたりに緑の煙幕が広がった。グリーン・ドールズの撤退は早かった。同じくオレンジ・ライドも煙幕をうまく利用して退散していく。

アイムが叫ぶ。

「グラシャ、何してるんだ。お前も早く……」

逃げるだと？　冗談じゃない。

「逃げたい奴は勝手に逃げればいい。俺は逃げない。それは弱者のすることだ」

ここで逃げれば、俺はこいつより弱いことを自分で認めることになる。俺が誰よりも強い。背を向けることは許されない。

煙幕の中でも、あいつの影だけは見失わないように見張っていた。さっきのアイムが守っていた男を追うかと思ったが、意外にもそいつはそこに立ち尽くしていた。追わないなら都合がいい。お前は今ここで俺が倒す。

俺はその影の動きをずっと見張っていた。動きはない。お前の姿がはっきり見えたとき、そこで一気に攻撃を仕掛ける。煙幕に乗じて死角をつけば勝機はある。息を殺し、そのときを待った。あのアーマードライダーはやはり微動だにしない。煙幕がだんだんと晴れてきた。逃げたい奴は逃げきったはず。なら、攻撃を仕掛けるのは今だ。足音は立てない。息さえ押し殺して俺は奴に近づいた。奴の姿が見える、今なら斬れる。思いきり剣を振り下ろした。しかし、俺が斬ったのは謎のアーマードライダーではない。そこには何もなかった。いや、そんなはずはない。俺は奴から目を離さなかった。それにこんなに見通しのいいところで、人間と物を見間違えるはずがない。どういうことだ。

「グラシャさん!」

バロック・レッドの連中が近づいてくる。アーマードライダー同士の戦いが始まったころから離れているよう指示をしてあった。おそらく煙幕の外から今の光景を見ていたはずだ。

「今、煙幕から出ていった奴の中に見たことない人間か、白いアーマードライダーがいたか?」

「オレンジの奴が見たことない男を連れていましたが……」

そいつじゃない。やはりあいつは煙幕の中からは出ていない。なら、煙幕と共に消えたことになる。あいつ、何者なんだ?

白いアーマードライダーは各チームの脅威となった。そして、あの後すぐに俺たちバロック・レッドに接触してきた者がいる。

「グラシャ、話がある」

やはり、お前が先に来たな、フォラス。

「白いアーマードライダーの奴が新たなチームだとしたら厄介だ。手を組もう。悪いようにはしないから」

隙があれば、背後から俺たちを狙ってきそうな奴だ。こいつらと手を組むメリットがあるのだろうか。

「お前と手を組んで確実に裏切らないという保証ができるのか」

「それは信じてもらうしかないね」

今朝も戦い、仲間を何人か殺されたばかりだ。そんな奴を信じろとは、随分虫のいい話だな。

「おいおい、グラシャ。何か言いたげだな。言っとくけど、俺だってお前たちについさっき仲間を殺されたばかりだってことを忘れてないかい？　俺だけが悪者か？」

フォラスの言うことはもっともだ。もう誰を恨むとかいうのはとっくに俺たちの中では終わっている。

俺たちが生き残りたいと思うようにドールズとオレンジも同じだ。誰かを恨むとしたら、俺たちが憎しみをぶつけるべきは貴族の奴らだ。

「お前にとって生かしておくなら俺か、あの白いアーマードライダーか、って話だよ。今まで共に戦ってきた俺たちは、戦友ってやつだろ？　俺なら情状酌量の余地ってもんがあるし、悪い話じゃないと思うけど？」

「わかった」

フォラスの顔が明るくなる。俺が了承したと思ったのか。早とちりするな。さっそく話を進めようとする奴を制止した。

「その話に乗ってやるかどうかは、あいつらの話を聞いてからだ」

足音が四人分。おそらくオレンジの連中だ。もう一人はあの男か。フォラスも状況を察したらしい。すぐに姿を隠した。

「何の用だ」

現れたのはやはり、アイムたちオレンジ・ライドであった。アイムの要請もフォラスとさほど違いはない。違うとすれば、白いアーマードライダーに狙われていた男から俺たちの知らない情報が得られる可能性があることだ。さらにアイムであれば、俺たちを背後から狙うということも絶対にしない。そういう馬鹿な奴なのだ。しかし、俺の答えは初めから決まっている。

「その話は断る」

アイムの作戦は確かに正攻法なのだろう。しかし、俺は逃げない。必ず俺の強さを俺のやり方で示す。アイムは食い下がった。どうもあいつは最近サイモンに似てきたな。俺を完全に敵だと思っていないところがある。そういうお前の甘いところがいつか命取りになるんだ。結局オレンジは説得を諦め帰っていった。その様子を終始見ていたフォラスは自信ありげに俺の前にまた現れた。しかし、フォラスの申し入れさえも断った。俺には俺のやり方がある。

フォラスはわざとらしくため息をつき、食い下がることはしなかった。その代わりに呆《あき》れた顔で俺を見る。

「その自信はどこから来るの？」

「怒りだ」

少しの間もおかず答えた。しかしフォラスはすぐにはそれを理解できなかった。どういうことだと言わんばかりに俺の言葉をそのまま繰り返した。

「自分に対する怒り。弱い者に対する怒り。それが俺を強くする。俺はいずれ貴族どもを倒して、この国の頂点に立つ。だからお前など眼中にない」

「その言葉を後悔しなきゃいいんだけどね」

フォラスが背を向けたそのとき、またあの痛みが襲ってきた。耐えなければいけない。フォラスの前でももちろんのことだが、バロック・レッドの奴らにこんな姿を見せるわけにはいかない。いつもならできることが今日に限ってはできなかった。自分のもののはずだが、体が言うことをまったく聞かない。じわじわときていた痛みが心臓に集中し、ドクンと大きく跳ねた。そして激痛に襲われた。不覚にも胸を押さえ、その場にうずくまる。

そうせざるをえなかった。背を向けていたフォラスが俺の異変に気づき、口角を上げる。

バロック・レッドの連中も、不安と疑念の顔で俺を見ている。

「あれ？　もしかして、俺との戦いのダメージが残ってたりする？」

「言ってろ」

敵の弱点を見つけられたのだ。さぞご満悦だろう。先程の不満げな態度とは打って変わって、軽快な足取りで帰っていった。いつものにやりとした笑顔を湛《たた》えて。

あいつの考えそうなことなど、手にとるようにわかる。俺との同盟がならなかった今、次にフォラスが頼るのはオレンジ・ライドの奴らだ。あの二チームの接触など恐れるに足りぬが、オレンジと行動を共にするあの男の持っている情報は必ず有力なものだ。手に入れておいて損はない。

心臓の痛みは治まった。案の定、俺のベルトの副作用を初めて目の当たりにしたバロック・レッドの面々は驚きと不安、戸惑い、そして恐怖に慄《おのの》いているようだ。やはり、見せるべきではなかった。

「グラシャさん？」

「なんでもない」

その言葉ですべてを片付けるには無理があるのはわかっている。しかし、今は無駄に波紋を広げるよりこのほうがいいと判断した。ベルトの副作用で化け物になるなどと伝えれば、更なる混乱が起こるのは目に見えていたからだ。

諜報《ちょうほう》活動に向いているベリトとオセ。こいつらに新たな任務を与えた。うちのチームは強い。何も力だけでここまでのし上がってきたわけではない。バロック・レッドは情報にも強いのだ。

二人に命じたのはオレンジ・ライドの監視、およびあの男の情報収集だ。あの男は、白いアーマードライダーのことだけじゃない。貴族どもに繋《つな》がる有力な足掛かりになりそうな予感がする。根拠は奴が異国の者であるということだ。トルキア共和国の公用語を流《りゅう》暢《ちょう》に話してはいるが、所々違和感がある。注意して聞かなければわからない程度だがな。丁寧すぎる言い回しも育ちの良さが窺《うかが》える。ただの観光客ではなさそうだ。

貴族を倒す、それは俺の夢であり、生きる意味でもあり、強さの源でもある。そして俺の望む世界を俺自身の手で作る。

案の定、俺の読みは正しかった。二人の報告によると、やはりあの男、貴虎《たかとら》は貴族と繋がっていた。しかも、ことによっては俺たちの敵ではないかもしれないらしい。

「あの貴族の顔、見たことあります。サイモンと最後に戦ってた……鎮宮影正《しずみやかげまさ》。サイモンを殺した貴族……」

その話は聞いたことがある。当時、ベリトが見たという男だ。しかし、サイモンを殺したというのはおそらくベリトの思い違いだ。サイモンは死んだのではない。インベスになった。まあ、貴族にライダーシステムを使わされたのが原因なのだ。ある意味、貴族に殺されたというのは間違いではないのか。俺からこいつらにインベスの正体をわざわざ教えてやる必要もない。今はベリトの言うとおりということにしておいたほうが得策か。それよりも大事なことがある。

「その鎮宮影正は確か、貴族の頂点に立つ鎮宮家の跡取りだったはずだ。そいつが、あの記憶喪失の男の弟だと偽ってまで接触を図ったのは何の目的があってだ」

「鎮宮影正は言っていました。あの記憶喪失の男、呉島《くれしま》貴虎がこの国の実験に関わり、この国を破壊したと」

オレンジ・ライドへの尾行調査によりあの男の名前は判明した。本人が思い出し、名乗ったそうだ。間違いない。呉島貴虎は俺が思っていた以上に大物だったらしいな。それと同時に俺の敵である可能性も捨てきれなくなった。

「そして、鎮宮雅仁《まさひと》のことも話していました。鎮宮影正はどうもそいつのことを呉島貴虎に思い出してほしそうにしていました」

「調べたところ、鎮宮雅仁は八年前に死んでいます。そして、鎮宮影正の兄のようです」

なるほど、合点がいった。

「復讐か」

「おそらく」

奴の目的が呉島貴虎を殺すことであれば、早急に動くべきだろう。敵味方の判断を待っていたらこちらが損をする。この際、敵でも味方でもどちらでもいい。貴族に近づくための貴重な人間だ。みすみす殺させやしない。

「それから、もう一つ。鎮宮影正ははっきりと言いました。呉島貴虎はアーマードライダー斬月《ザンゲツ》になって戦っていた、と」

「ならばますます、あの斬月とかいうアーマードライダーの正体は謎だな。まあいい。いつまでも貴族の奴の言いなりになっているのは俺の流儀に合わない。呉島貴虎に接触する」

鬼が出るか蛇が出るか、見物だな。

出たのは鬼でも蛇でもない、幽霊だったとは面白い展開だ。死んだと思われていた鎮宮雅仁は生きていた。そして、呉島貴虎の命を狙っている。そうはさせない。俺の持てる力すべてを使い、奴らを逃がすのに成功した。しかし、鎮宮雅仁は強かった。

「勇ましいな。だが、甘く見られたものだ」

動きは完全に封じたものと思ったが、気が付けば俺の体は床に叩《たた》きつけられ、喉元には槍《やり》の刃が突きつけられている。いつでも殺そうと思えば殺せる。だが俺は屈しない。

「話にならない弱さだ。どうして変身しない？　変身すれば、まだどうにかなったものを」

「インベスになるとしてもか」

そして鎮宮雅仁は賢い奴だと言って笑った。不気味な奴め。一目でわかった。こいつは人間じゃない。そして、斬月の中に入っていた奴だ、と。お前ら貴族のやろうとしていることはお見通しだと言わんばかりに、すべての怒りを吐き出した。しかしそれさえも、奴は笑って聞いている。

「何がおかしい！　俺は、モルモットになって死ぬつもりはない。必ず、貴族を倒す。そして、この国をこの手におさめる」

「面白い男だ。一つ言っておく。俺はそんなつまらないことに興味はない」

嘘《うそ》は言っていないようだった。だとしたらなおさら意味がわからない。

「連れていってやる。お前たちを戦いに導く張本人の元にな」

俺の拘束は解かれた。そして俺に背中を向ける。でもわかる。今攻撃を仕掛ければ必ず殺される。まだ待て。今はまだ、そのときじゃない。チャンスはある。俺は黙って、鎮宮雅仁の後ろをついていった。

俺はただ、後ろについて歩いただけだった。久々に歩いた地上は八年も経《た》ったはずなのに、荒れ地のままで、わけのわからないでかいだけの建物がそびえ立っていた。怒りがわいた。俺の故郷、俺の生まれた場所、どうして他国から来た奴に踏みにじられなければいけない。俺たちを戦いに導く張本人とやらは大地よりも遥《はる》かに空に近い場所でふんぞり返り、この国の者たちが虐げられ、太陽の光も届かないところで殺し合いの日々を送っている。なぜだ。こんな不条理、許されるわけがない。貴族は倒さなければいけない。この国に住み着く害虫は俺が根絶やしにする。そして新しい国を作るのだ。強い国を。もう誰にも負けないように。

その建物に近づくにつれ、同じ制服を着た手練《てだ》れの兵士がたくさん向かってきた。俺は何もしない。前はもちろん、俺の後ろの敵でさえ鎮宮雅仁が表情一つ変えずなぎ倒していく。こいつに死角というものはないらしい。そして辿《たど》り着いた、例の建物の最上階。おそらく、この国で一番天に近い場所。そいつはやはりその場所でふんぞり返っていた。その男を鎮宮雅仁は父と呼んだ。

「鎮宮鍵臣《かぎおみ》。この国を支配する貴族の頂点に立つ男」

鎮宮鍵臣と呼ばれたその男は俺の目から見て決して強き者とは思えなかった。片足が悪く、杖《つえ》なしでは歩けないようだ。また、自分では一切戦わない。血を流すことはすべて部下の仕事らしい。鎮宮鍵臣は俺のことなど眼中になく、視界の端にも入れようとしない。

「雅仁。今まで、何をしていた？　なぜ、今になって現れた？」

「待っていたんだよ。貴虎がこの国に現れるのを。あいつを殺す。それですべてが始まる」

鎮宮雅仁もまた、実の父親に興味がないようであった。鎮宮鍵臣の話にまったく取り合おうとせず、俺を前に出した。しかし、こいつは俺たちのことを人間とも思っていなかった。薄汚いネズミ呼ばわりだ。そして俺たちを使って行っている実験について声高に話し始めた。

「貴様らは、人類がインベスを超えた存在に進化するための貴重な実験台だ」

こいつに会ってから、俺の怒りはずっと消えない。情状酌量の余地などない。今すぐに抹殺しても惜しむことはないだろう。しかし、すぐにでもそれをしないのは鎮宮雅仁がいるからだ。何か言われなくてもわかる。今は手を出すな、無言のメッセージが俺を思いとどまらせている。そうして、鎮宮雅仁より新たな情報がもたらされる。

「八年前、この国はスカラーシステムによって焼き払われた。その原因を作ったのはこいつだ。こいつはオーバーロードを作り出そうとした」

オーバーロード。それはかつてヘルヘイムと呼ばれる森の侵食を克服し、進化を遂げた新しい種族、だそうだ。そして今、この国もその森の侵食に遭っているそうだ。

「呉島家との権力争いに敗れたこいつは、ユグドラシルの中で自分の地位を確固たるものにするために、戦極《せんごく》凌馬《りょうま》の力を借りて人間を無理矢理オーバーロードに進化させようとした。違うか」

鎮宮鍵臣は笑いながらそれを認めた。そして今もなお、その実験を俺たちで続けているというわけだ。

「どれだけ失敗しようが諦めるつもりはない。そのためのモルモットは大勢いるのだからな」

鎮宮鍵臣が俺のことを認識し、俺の目を見てモルモットだとほざいた。ふざけるな。

「用済みのモルモットは処分させてもらう」

四人の兵士が俺たちを囲んだ。俺だけでなく、どうやら実の息子さえも殺そうとしているらしい。どこまでも腐った奴だ。俺が戦う体勢をとったとき、それを雅仁が手で止めた。こいつならおそらく一人でやれるのだろう。しかし、俺も我慢の限界だ。止められようがやらせてもらう。今にも兵士の一人に殴りかかろうかというそのとき、信じられない光景が目に飛び込んできた。雅仁がほんの少し手を動かすと、一瞬で兵士二人の心臓を貫いた。人間の所業とは思えない。どこからともなく出てきた太い蔓《つる》が雅仁の意思で動いている。それに一番驚いていたのは鎮宮鍵臣であった。

「あんたのおかげで、俺はあんたが喉から手が出るほど欲しかった力を手に入れた。俺は、人間を超え、インベスを超え、オーバーロードとなった。もうあんたは必要ない」

杖を突き、逃げ惑う父をその力で殺した。無残にも倒れたそいつを生かしておいた兵士に片付けさせた。貴族、鎮宮家の頂点はたった今、替わったのだ。

しかし、貴族の頂点が誰になろうと俺は変わらない。こいつはこの国に興味はないと言った。おそらく俺たちの現状はさほど変わらないだろう。ならやはり、こいつにも任せられない。いや、こいつだけじゃない。誰にもこの国を任せてはいけない。人任せにするからこの国はいつも不幸になるのだ。変われない。強き者に踏みにじられるのだ。だから俺がこの国を統べる。俺が強くある限り、この国はもう誰にも支配されない。

雅仁が変わらぬ笑顔で俺に近づいてきた。

「お前が望めば、俺はお前に力を与えてやろう」

断れば、殺される。俺でなければ服従していただろう。しかし俺は、

「断る」

不服そうな顔だ。やっと嘘くさい笑顔がはがれたか。死を選ぶか？　という問いに今度は俺のほうが笑って答えてやった。

「死ぬつもりはない。お前と戦って、生き延びる」

言い終わるが早いか、またあの蔓が伸びてきた。さっき見たばかりだ、第一陣はなんとかかわした。しかし、蔓は無限にわき出る。すぐに捕まり、またあの槍を突きつけられることとなった。だが、雅仁はとどめを刺すことはしなかった。それどころか蔓さえも下がらせ、俺を解放したのだ。

「なぜ殺さない？」

「貴様は、俺と同じ匂いがする。己の力で世界を支配する。そんな匂いがな。強すぎる力を持つと退屈なものだ。生かしておいてやろう。今はな。強さを極めて再び俺の前に立ちはだかるというのなら、次は容赦するつもりはない」

去っていく雅仁の背中を追おうとしたが、やめた。今の俺ではまだあいつには勝てない。

決着をつけるときだ。一人ではあいつに勝てない。仲間が必要だ。強い仲間が。地下都市の争いに今日、終止符を打つ。俺の強さを示し、アイムとフォラスを率いて雅仁、貴族を倒す。そして俺の望む世界を必ずこの手に。

第五章

【アイムの章】

サイモンは俺の英雄だった。きっと俺だけじゃない。パイモンやグシオン、オレンジ・ライドの皆、サイモンのことを嫌いな奴なんていない。もしかしたらあのグラシャだって、そうだったかもしれない。あいつら、ああ見えて仲良かったからな。とにかく太陽のないこの地下都市で太陽みたいな奴だったんだ。それを俺は殺した。パイモンやグシオンは仕方がなかったと言った。心にもないことを俺が言わせちまった。何より、俺が俺自身を許せねえ。もっといい方法があったんじゃないか。アーマードライダーが危険なものだってもっと早くに気づいていれば。そもそもサイモンばかり戦わせすぎたんだ。いつも一番に飛び出していくあいつを止めることができていたら。後悔は止まらない。どこをどうとっても、すべてが悪い。俺の選択は全部、間違いだらけだ。

俺は何のために戦ってるんだ。……仲間を守るためだ。でもその仲間を殺した。もうダメだ。何もかもが。何もできない、何もしたくない。俺が動けば動くほど事態は悪化する。俺は、何のために生まれてきたんだ。

背後から、狙われている気配を感じた。それと同時に鋭いナイフが殺す勢いで俺に向かってきた。瞬時にそれを避け、立ち上がると周りを大勢の兵士のような恰好をした大人に取り囲まれていた。次から次へと繰り出される攻撃に武器を持っていない俺は避けることしかできない。つい、いつもの癖でロックシードを掲げた。その瞬間、インベスになった仲間とその仲間を殺した光景がフラッシュバックした。ダメだ。これは使えない。俺がインベスになれば、インベスになった俺がまた仲間を襲う。俺が仲間を殺してしまうかもしれない。はたまた、仲間が俺を殺して今の俺と同じ苦しみを背負うかもしれない。どっちにしろ地獄は終わらない。

「やめてくれ。俺はもう、戦いたくないんだ」

仲間の声がしたような気がした。振り向くと、パイモンとグシオン、そして貴虎《たかとら》がいた。兵士を蹴散らし、俺の元へ駆けつけてくれた。

「貴族たちが用済みになったお前たちを始末しようとしているようだ。お前たちは、未完成の戦極《センゴク》ドライバーを使っての実験に利用されていた。かつて、この国で行われた実験と同じように」

そうか、貴虎。記憶を取り戻したんだな。

「八年前、私と鎮宮雅仁《しずみやまさひと》が中心となってこの国で行った実験だ。実験は失敗に終わり、この国は焼き尽くされた」

なんだって？　じゃあ、俺たちが殺し合いをしているのも、サイモンやフォラスがインベスになっちまったのも、全部全部あんたのせいだって言うのか。

「じゃあ、あんたのせいで、この国は！」

俺は貴虎に飛びかかった。そうせざるをえなかった。この地獄はお前たち大人のエゴから始まった。その根源があんたなら、いくら貴虎でも許せない。胸倉を掴《つか》み、精一杯の怒りを込めて、睨《にら》んだ。それでもやっぱり、貴虎は今まで会った大人とは違っていた。怖がったり、見下したりしない。ただ俺を真っ直ぐ見てくれた。

「私を恨むのは構わない。それだけの罪を犯した。だが、悪意がまだこの国を蝕《むしば》もうとしている。お前たちはその犠牲者だ」

貴虎の真っ直ぐな目を俺は直視できず、殴ることもできなかった。この人は真剣に俺たちと向き合い、話してくれている。それでも怒りはおさまらない。俺が今思っている正直な気持ちを告げた。

「くそっ。勝手に使って用がなくなったら殺すのかよ。馬鹿にしやがって。なあ、貴虎。俺たちって何だったんだろうな。虫けらみたいに扱われて。……生きてる意味、あんのかよ」

貴虎の目つきが変わった。怒っているのだろうか。

「意味はある。仲間を守りたいんじゃないのか！」

「ああ！　守りたいさ。だけど、俺は仲間を殺した。この手で！　その気持ちがわかってたまるか！」

もう、仲間は失いたくないと思った。あの抗争の後、仲間の墓をたくさん作った。冷たくなった人間の体はすごく重いんだ。命ってすげえ重いんだ。墓に名前を彫る度に、そいつとの思い出が蘇《よみがえ》り、たくさん泣いた。一晩中語り明かしたあいつや、一緒に強くなろうと修行したあいつ、俺なんかよりも立派な夢があった奴だっていた。あのときに誓ったはずなのに。あんな辛い思いはもう二度とごめんだと。それなのに、それなのに……。

「泣くな。まだお前にはやることがある。すべてのチームをお前がまとめろ。貴族に反旗を翻せ！　お前たちの敵は貴族だ。アイム。仲間を守り続けたお前がやるべきことだ」

「俺はもう戦わない。戦うの、やめたんだ」

パイモンとグシオンの顔を見られなかった。お前たちの大事な人の命を奪っておいて、どの面下《つら》げていればいいんだ。いたたまれなくなってその場から逃げ出そうとしたとき、貴虎の言葉が俺の足を止めた。

「私は、罪を償うためにこの国にやってきた。だから、戦う。戦い続ける。それ以外に、失われた命に、私が犯した罪を償う方法がないからだ」

貴虎の強さの秘密がわかった気がした。でも俺は、そんなに強くはなれない。振り返ることはせず、その場を去ろうとした。それでも、貴虎は諦めない。

「生きる意味がないと言ったな。意味はある。生きることでしか罪を償えない。お前が死ねば、倒れていった奴らは喜ぶのか。強くなれ、アイム。死んでいった者に恥じぬ生き方をしろ。それが彼らにできる、唯一の手向けだ」

俺は歩みを止めず、その場を去った。貴虎の言葉はちゃんと全部聞いた。でも今の俺じゃそれをすぐには納得できなくて、考える時間が必要だった。少し離れたところでその意味を考えた。でも、神様ってのが本当にいるなら、ひどい奴だな。考える時間さえもくれないらしい。俺が貴虎たちのところから離れてすぐ、後ろで聞いたことのある咆哮《ほうこう》があがっていた。行かなくてはいけない。体が勝手に動いた。

時間の流れが遅く感じる。さっき歩いてきた道を戻るだけだ。貴虎たちのところに戻るのにそう時間はかからない。それなのに、考える時間だけはたっぷりとあるように感じた。

仲間を殺した俺が、これから何のために生きるのか、生きていていいのか。俺はこれからも今までも変わらない。生き残るために戦う。そして、今の俺に残された大事なものを守るために戦い続ける。それが俺のやるべきこと、死んでいった皆にできる償いだ。

完全に我を失ったフォラスが、仲間たちを襲っていた。そして、今にもその鋭い爪で貴虎にとどめを刺そうとしている。武器は持った。己の覚悟を確かめるようにもう一度武器を握りしめた。フォラスの腕が振り下ろされるより早く、その剣で奴の腕を斬った。インベスとなったその腕を思いきり斬ったはずだったが、ダメージは少ないようだ。スピードもパワーも衰えることなく俺に向かってくる。背中から貴虎が俺を呼ぶ声が聞こえた。それだけで力がわく気がする。俺はまだやれる。

「貴虎、あんたの言うとおりだ。俺たちは生き残るために戦ってきた。それは変わらない。これまでも、これからも！」

威勢よくフォラスに向かっていったが、ライダーシステムを使わずしてインベスを倒すのは至難の業だ。でも、パイモンとグシオンが助けてくれた。二人がフォラスを押さえ、動きを止めてくれている。

「放せ！　殺す。皆殺す！　生き残るのは、俺だ！」

その叫びはインベスのものなのか、フォラスのものなのか、どっちともつかない声で目を血走らせて叫んでいる。それに少し、胸が痛んだ。でも、俺はやる。生き残るんだ、この仲間たちと。

最後のとどめは俺が刺した。インベスになっているのは腕のみ。まだ胴体は人間のままだ。剣で心臓を貫いた。人間の心臓を。フォラスはそのまま息絶えた。最後に俺の名前を呼んだ気がした。ごめん、フォラス。俺は生き残るから。絶対に、お前の死は無駄にしない。絶対に。

背後から貴虎が近づいてくるのがわかった。だから振り返って、ちゃんとさっきの答えを出した。はっきりとした、俺自身の本音の答えだ。

「俺は戦って、皆のことを救ってみせる」

貴虎が少し驚いた顔をした。少しは俺のこと見直したのかな。そして俺の名をまた呼んだ。今度は優しい声だ。そして笑いながら言った。

「そっくりだ。俺の知ってる男に。私に変身しろと言った男だ」

貴虎のその言葉を聞いた瞬間、ふと体の力が抜けた。横目に、パイモンとグシオンも倒れているのが見える。助けなきゃ、そう思ったけど体が言うことを聞かない。嫌な感じはしないけど、まるで自分の体じゃないみたいだ。

『ごめんな。ちょっとだけ体を貸してくれ』

誰の声だろう。男の声だ。俺に言っているのか。

「貴虎。変身できたみたいだな」

俺の声だけれど俺が言ったんじゃない。きっとさっきの奴だ。

「もしかして……葛葉紘汰《かずらばこうた》か」

「この子の体を貸してもらった」

そういうことか。貴虎もこいつに敵意は持ってないみたいだな。なら、信用できるのだろう。

「……私は、まだ変身できないようだ」

珍しく弱気だな。俺にはあんなに偉そうに強くなれって言ってたくせに。俺の中にいる奴はそれを否定した。それでも貴虎は自信がないようだ。

「お前と会う前、八年前から何も変われていない。あいつには偉そうなことを言ったが……。また雅仁に会ったら、本当に戦えるかどうかわからない」

「大丈夫。貴虎は変わったよ」

手に温かさを感じる。俺の右手のひらに光が集中し、消えた。そこには見たことのないロックシードが握られていて、それを貴虎に渡した。

「必要になったら使ってくれ」

俺の中からもう一人の誰かの感覚が薄れていく。そして完全にそいつの存在が消えると、体に力が戻ってきた。変な感覚だ。手足を動かして自分のものであることを確認しているとパイモンたちも起き上がって、怪訝《けげん》な顔をしてこちらを見ているのに気づいた。

「礼を言わせてもらう」

貴虎はあいつにもらったロックシードを握りしめ、俺を見てそう言った。俺が返答に迷っていると、どこからか重たい足音が聞こえてきた。

「貴虎」

それはさっきまで貴虎の命を狙っていたはずの軍服男だった。わざとらしく貴虎の前で倒れ、手を差し出す。いつの間にそんなに仲良くなったんだ。確か、貴虎の命を狙ってなかったか？　パイモンに説明を求めると「なんか貴族を裏切ったらしいぜ」と簡単な答えが返ってきた。

「鎮宮雅仁が、あなたに向けてこの地下都市にメッセージを流してる」

ふと俺たちの周りの風景が変わった。あの抗争のときに、貴族があちこちにつけたスピーカーやプロジェクターを使ってそいつは現れた。

「鎮宮鍵臣は死んだ。俺が殺した。今、この国の頂点には俺が立っている。お前が自分の罪を償いたいというのであれば、俺の元に来い。決着をつけよう。この世界の頂点に立つのにどちらが相応《ふさわ》しいのか。……待っているぞ、貴虎」

それは貴虎に向けたメッセージ。決闘の申し込みだ。貴虎は俺が使っていた剣を拾い上げた。

「貴虎、行くのか？」

短い返事が返ってきた。そのまま自分のやるべきことを成し遂げるため、貴虎は前だけを見て歩き始めた。もうこれ以上、かける言葉はない。ただ、その大きな背中を目に焼きつけようと貴虎から目を離さなかった。すると、何かを思い出したかのように、振り返った。ずっと貴虎を見ていた俺と目が合う。

「アイム、お前はお前の戦いをしろ。未来を掴むために」

力強いその言葉は俺に勇気をくれる。俺はもう大丈夫だ。

「わかった。無事を祈っている」

貴虎は残った軍服男に俺たちを任せて去っていった。今から命を懸けた決闘をしにいく男の後ろ姿はかっこよくて、俺には英雄のようだった。

貴虎の姿はもう見えない。それでも俺はその場所から目が離せなくなっていた。我に返ったのは軍服男が手を叩《たた》く音によってだった。

「アタシたちもそろそろ動きましょう。ベリトとオセが残った皆を集めてるわよ」

話は思った以上に進んでいるようだ。俺たちも止まっている場合じゃない。前に進まないと。

「パイモン、グシオン、行こう。おっさん、案内してくれ！」

「おっさん⁉　誰のことよ！」

これは地雷だったか？

「じゃあ、お姉さん？」

「初めからそう呼べばいいのよ。ついていらっしゃい」

軍服男の連れていってくれたところにはもう皆が集まっていた。皆の顔を見渡し、思いを巡らせる。今ここに残っている奴らは皆知ってる。今まで敵として命を削って戦ってきたんだ。こいつらの強さは俺がわかってる。俺にはまだ、こんなに仲間がいるんだ。そいつらが皆俺に視線を向ける。怒りに満ちている奴もいる。不安に顔を曇らす者も、悲しみに押しつぶされそうな奴も。俺をよく思っていない奴もこの中にはきっといる。それでも、神に挑むんだ。バラバラのままじゃ、殺される。そうなれば生き残った奴も、死んでいった奴も誰も救われない。

「皆、聞いてくれ！」

くじけそうになるときはサイモンの言葉が蘇る。

『アイム！　俺は皆に幸せになってほしいんだ』

　そうか、お前は初めから全部わかってたんだな。俺もだぜ、サイモン。オレンジ・ライドだけじゃない。皆で幸せになりたいよ。そのために。

「俺たちはずっと貴族たちに虐げられてきた。でも、もう奴らの思いどおりにはならない。なっちゃいけないんだ」

　言葉に詰まりそうになったときは貴虎が背中を押してくれる。

『貴族に反旗を翻せ！　未来を掴むために』

「俺たちの運命は誰のものでもない。俺たちのものだ。これから、貴族たちに反旗を翻す。俺たちの未来を掴むんだ！」

　皆の目に闘志の炎が燃え上がるのが俺には見えた。俺が声をあげると、パイモンやグシオンが続いてくれる。二度目にはグリーン・ドールズの何人かが、三度目にはバロック・レッドが。四度目にはほとんど全員が声をあげた。その次からは皆が一つになった。ちょうどそのとき、あいつは現れた。

「グラシャさん！」

「無事だったんですね！」

　バロック・レッドはグラシャの元へと集まった。一つになったと思ったが、それはグラシャのひと声により、簡単に崩れるだろう。グラシャがあたりをぐるりと見まわし、最後に俺を見た。正直、心臓の音がうるさい。隣にいるパイモンやグシオンには聞こえているんじゃないだろうか。

「一つだけ聞く。フォラスはどうした」

グラシャだけじゃない。グリーン・ドールズの目も俺に向けられた。フォラスは仲間に慕われているリーダーだった。勝利のためには手段を選ばない奴だったから敵には非情だが、仲間となると情に厚い奴だったんだ。だから、真実を話すべきだと思った。

「俺が殺した」

グラシャはそうかと、すぐに納得し引き下がったがグリーン・ドールズはそうはいかないようであった。武器を持ち出す者、怒りで俺を睨みつける者、リーダーの死に悲しみを隠せない者、様々だ。俺に飛びかかってくる奴はいなかったが、それも時間の問題だ。パイモンが俺を庇《かば》うように前に出る。グシオンもそれに続いた。

「違うんだ皆！　聞いてくれ！　仕方がなかった！　もうあいつは……」

「アイムさんは、フォラスを楽にしてやるためにやったんだ！」

フォラスがインベスになったことを軽々しく言うなんて俺たちには無理だった。言葉を選んでもどうやったってグリーン・ドールズの皆が悲しむ未来は避けられない。サイモンのことを知った俺たちがそうだったように。お前たちのリーダーは化け物になったなんて、言えねえよな。二人の前に出た。これは俺がやらなきゃいけないことだから。

「言い訳するつもりはない。奴の命を奪ったのは俺だ」

唯一グラシャだけは、全部をわかってるみてえだった。もしかしたら、アーマードライダーがインベスになることを知ってたのか？

「貴様は正しい。だが、貴様と馴《な》れ合うつもりはない」

グラシャがロックシードを取り出した。戦うつもりらしい。

「俺たちが戦う理由なんてもうない。そうだろ？」

「理由ならある。俺は俺の強さを証明する。そして、俺の求める世界を手に入れる」

パイモンの話では、グラシャは貴虎の決闘の相手、鎮宮雅仁と戦ったらしい。そこで何かあったのか？　目つきが以前にも増して鋭くなっている。

「この国は俺たちの力で変わる。それでも戦うのか？」

「この国を変えたくても、力がなければまた別の力で俺たちは踏みにじられる」

グラシャは本気だった。鎮宮雅仁に出会って何があったのか、それはわからない。でもお前がそいつと出会ったように、俺は貴虎と出会った。そして教えてもらったんだ。俺にもできることを。そしてあの人は今も戦っている。

「誰かを虐げる力じゃない強さで、この世界を手に入れてみせる。俺と戦え。どちらがこいつらを率いるに相応しいか決着をつける」

もう一度、ここに集った同志たちの顔を見た。パイモンやグシオンは首を横に振っている。グシオンは特に不安そうだ。それでも俺は戦うよ。貴虎だって今も戦っているんだ。

「……わかった。俺はお前と戦う」

一番に反応したのはパイモンと、バロックのオセだった。

「待てよ、アイム。どうして戦わなきゃいけないんだ」

「そうですよ、グラシャさん。俺たちは騙《だま》されてた。もう戦わなくていいんですよ」

皆の言い分はもっともだと思う。でも、どうしてかな。俺にはグラシャの言いたいことが伝わってくるんだ。結局、グラシャは優しいんだよ。そして不器用でかっこいい奴なんだ。俺が貴虎に教えられてようやく出した答えに、お前も辿《たど》り着いたんだろ？　俺たちはこれから、罪を背負って生きていく。それをお前も覚悟してるんだな。

「今度アーマードライダーになれば、化け物になるかもしれないのよ」

軍服男は俺にそう告げる。

そんなことは重々承知だ。でも、俺には貫きたいことがある。それは他の誰でもない、俺がしたいことで、すべきことなんだ。グラシャにもきっとそれがある。譲れない、誰にも任せられないことで、自分の貫きたいことがあるんだ。それは諦めちゃダメなんだ。簡単に譲れるもののためじゃあ、俺の手にかかって死んでいった奴らが浮かばれない。

「何があろうと、決着をつける。今まで死んでいった奴らのために」

それが俺のできる償いだ。

「そうだ。奴らの死を乗り越えて、俺たちは前に進む」

俺たちは光のないこの世界でたくさん血を流した。涙も流した。俺たちは初めから間違いだらけだ。そんな苦しい中から得るものもあった。すべてが間違いじゃなかったと、それを証明するために戦った。間違いも正しさも、すべてを経て確かな何かを掴んだ。グラシャ。お前も俺とは違う何かを手に入れたんだろう？　だったら、負けられない。

「お前を倒して証明してやる。ただの力だけじゃない、本当の強さを」

「来い！　アイム！」

俺とグラシャはほとんど同時にロックシードを掲げ、変身した。いつもの男の声がそれを告げる合図だ。二人の頭上にクラックが開き、大きなオレンジとバナナがゆっくりと降りてきた。果実が降りきるのを待たずして、俺たちは走り出した。今まで俺たちが何度戦ってきたと思うんだ。先手必勝を狙うグラシャの動きはもうわかっている。相性がいいのか悪いのか、俺たちの戦いのスタイルは似ている。パワーも速さも拮抗《きっこう》している。さらに今までの戦いで、相手の動きを読むなんてことはほぼ無意味に近い。読むなんてことしなくてもわかってしまうからだ。

真正面から飛び込み、斬り込んだ俺の剣をグラシャはジャンプでかわし、空中から斬撃を仕掛ける。それを予想して、俺は二歩ほど前に出て、グラシャの着地と同時に攻撃した。一瞬の判断の遅れが命取りだ。こと、グラシャとの戦いにおいてはいつもそうだ。こういうときはいつも体力勝負になるか、フォラスが隙をついて後ろから攻撃してくるのだ。今日はもう、フォラスの邪魔が入ることはないけれど。

グラシャの一撃一撃はとても重く、手を抜いている暇はない。体力を温存して、なんていう生ぬるいことはできそうにない。なら、俺も一撃一撃にありったけの力を込めて戦う。お互いの今持てるすべての力を懸けて戦っている。周りの観衆もその緊迫したバトルに一言も喋《しゃべ》る余裕すらないようだ。息を呑《の》む音さえも大きく聞こえる。

戦いは永遠に続くかと思われた。しかし、俺も全力、グラシャも全力。そう長くは続かなかった。何度も剣を交えて、何度も傷つけ傷つけられ、それでも何度も立ち上がった。お互いもうボロボロだ。俺の限界は近い。きっとグラシャもそうだろう。

「グラシャ！」

「アイム！」

最後の力を振り絞り、ベルトに手をかけた。手に、力がこもる。パワーチャージが完了し、すぐさま走り出した。グラシャもこちらに走り出している。俺はグラシャから目を離さなかった。その戦いぶりを目に焼きつけようと思ったんだ。命を懸けているのに、頭はとても冷静で、グラシャの剣の動きはすごくゆっくりに感じた。グラシャの攻撃が俺の脇腹に食い込む前に俺の剣はグラシャに届いた。もちろん俺もただでは済まなかった。グラシャの最後の一撃はかすっただけでも凄《すさ》まじい威力だったからだ。勝てるかどうかは五分五分だった。

二人とも体力と命を削り合ったせいで、変身は解けてしまった。その瞬間、グラシャの体がガクッと下がり、崩れていった。

「強いな。お前は」

そんな弱々しいグラシャを見たのは初めてだった。お前はいつだって弱い姿なんて誰にも見せない、かっこいい奴だったから。俺も限界だ、その場に立っているのがやっとだ。それでも、グラシャの元に行かずにはいられなかった。

「俺は強くなんてない。ただ、守りたいだけだ」

もちろんお前だって、その一人だったんだ。グラシャは笑った。いつもの吊《つ》り上がった目はどこへ行ったのか。もう声を出すのも苦しいだろう。それでも残った命を振り絞り、言葉を繋《つな》いだ。

「……あとは、任せたぞ」

泣くな。ここで泣いたら、きっとグラシャが浮かばれない。鼻がつんとする。涙が出るとき特有のあの痛みだ。声を絞り出した。なるべく力強い声で。グラシャにかっこ悪いところは見せられない。

「ああ。任せてくれ」

グラシャは俺が泣きそうになってることなんてきっと見通していたんだろう。また笑って、最後に言ったんだ。

「アイム……、お前は強い」

その場に倒れたグラシャはもう息絶えていた。俺は泣かない。バロック・レッドの連中は涙を堪《こら》えきれず、小さな嗚咽《おえつ》を漏らしていた。皆のほうを振り返り、誓いを立てた。

「俺は絶対に忘れない。サイモン、フォラス。……グラシャ。俺がこの手にかけたたくさんの奴らのことを。俺は罪を背負ってこれからも生きていく。生き抜いてみせる。必ず」

第六章

【影正の章】

子供に助けられた。面目がない。まあ、貴族の僕に初めから守る面目なんてないけれど。彼らには非人道的なことを繰り返してきた。このベリトという少年は僕とサイモンの戦いを目の当たりにした子だ。おそらく僕の素性も割れているんだろう。ここでは、すぐに殺されてもおかしくないほどの大悪党だ。それこそ父さんよりもね。ここには長くはいられない。それに、やることもできた。僕はもう一度、あの人に会わなくちゃ。

傷ついた体を引きずりながら呉島貴虎《くれしまたかとら》と子供たちのいるこの場所から早く逃げ出したい気持ちで僕はその場を去った。誰も追ってはこない。それはそうだ。

昔の兄さんは、神様みたいな人だった。いつだって正しいことしか言わない。自分のことは二の次で、いつも他人のことを考えて、この国の苦しい現状に心を痛めていた。

『弱き者は、強き者に支配されてこそ己の進む道を決めることができる』

違う。兄さんはそんなことは言わない。何かの間違いだ。

地下都市を歩き回っていたとき、ふと周りの景色が変わり、兄さんが現れた。過去に父さんが仕掛けたプロジェクターとスピーカーを使ってこの地下のあらゆる場所でメッセージを流しているようだ。それは呉島貴虎へのメッセージだった。

その映像では、兄さんが父さんを殺し、この国の頂点に立ったことを告げていた。

「お前が自分の罪を償いたいというのであれば、俺の元に来い」

その言葉にハッとさせられた。兄さんは呉島貴虎に復讐《ふくしゅう》しようとしているのだ。その映像に映る兄さんは僕の映し鏡のように思えた。そうか。僕は他人から見るとこんなふうに見えていたのかと。

僕は兄さんの元へ行かなくてはいけない。

鎮宮《しずみや》邸についてすぐに、軽い応急処置をして痛み止めを打った。腹の傷の治療は痛みに意識が遠のきそうになった。それに耐えられたのは、僕にしかできないことがあるからだ。

治療後は武器庫に向かった。そして迷わずそいつに手を伸ばした。僕にできるのはこれくらいだから。これを使って僕は僕の責務を果たすよ。

広い敷地、長い廊下。この中で一人の人間を探すのは至難の業だ。でも、僕にはわかる。兄さんはきっとあそこにいる。この国で一番天に近い場所。父さんが好きだったところだ。天に近いせいで、自分が神のようだと錯覚するらしい。父さんはずっと、神様になりたかったから。いつも自分より上の立ち位置にいる者を妬み、欲しがった。どうして他人のものを欲しがるのか。自分だってたくさん持っているくせに。

僕は兄さんのことを神様みたいだと思っていた。それは、すごい能力があるのに決して驕《おご》らず、それを惜しみなく他人のために使おうとしていたからだ。

「兄さん」

「影正《かげまさ》か」

やっぱり兄さんはそこにいた。鎮宮邸の最上階、父さんの部屋だ。兄さんは昔と変わりない笑顔でそこに立っている。それなのになぜだろう。やっぱり違うんだ。人間じゃない力を手に入れた兄さんは、本当の神様になったんだね。

「父さんを殺したんだって？」

「そうだ。力なき者は散る運命にある。復讐にでも来たか」

復讐？　違うよ。もう僕は復讐はやめたんだ。そんなことをするのは愚かだと気が付いたんだ。兄さんのおかげだよ。

「逆だよ。兄さんのそばにいさせてくれ。兄さんのやろうとしていることを手伝いたい」

兄さんは笑った。その顔は昔と同じだ。しかし、どうやら僕のことを疑っているみたいだ。さっき兄さんに銃を向けたからね。

「僕は兄さんの弟だ。今でも、兄さんのことを尊敬している。だから……」

どうか信じてほしいな。今も昔も兄さんは僕の憧れだよ。

兄さんは僕のことをしばらく見つめると好きにしろと言ってくれた。そばにいることを許されたみたいだ。

そして、そこに呉島貴虎が現れた。先程とは打って変わってスーツ姿となっている。ここからが仕事というわけだろうか。彼の仕事はこの国の調査、および膿《うみ》を取り除くこと。そして調査の結果、鎮宮家を膿だと判断したのだろう。その根源、鎮宮鍵臣《かぎおみ》がいなくなった今、取り除くべきは鎮宮雅仁《まさひと》、兄さんということか。

いつまでも笑顔を崩さない兄さんとは対照的に、呉島貴虎は真剣な表情を崩さない。手には剣が一振り握られている。

「私とお前は、同じ未来を見ていたはずだ。力を持つ者として生まれ、責務を共に果たすと」

ノブレス・オブリージュ。それが彼らの合い言葉なのだ。そして誓いでもある。僕もそれを見て育った。二人とも、その言葉に恥じない生き方をしていたはずだった。

「確かに、かつて俺はそう考えていた。だが、人はどう足掻《あが》いても滅びる運命にある」

「なぜそう思う」

「いくら気高い精神を持とうと、人間の愚かさには抗《あらが》えない」

呉島貴虎は変わらぬ眼差《まなざ》しで兄さんを見ている。彼は誰に対してもそうだ。相手の話を真摯に聞いてくれる。僕は昔から知っているが、以前はそうではなかったように思う。もちろん能力は高く、ノブレス・オブリージュも遂行し続ける善人ではあっただろう。兄さんの隣に並ぶくらいの人だ、そうであったに違いない。でも、今は少し柔らかくなった。前は貴族の頂点に立つ人間として、他とは一線を引いているように感じたが、今は相手のことをわかろうと努力しているように見える。現に、地下都市の子供たちとうまくやっていた。日本で何かあったのだろうか。そういえば、この世界を救ったのは自分ではないと言っていた。……ああ、そうだ。葛葉紘汰《かずらばこうた》だ。呉島貴虎にも、英雄がいるのだろうか。

「人間は愚かで悪意に満ちている。現に鎮宮鍵臣は、自分が頂点に立つために同じ過ちを繰り返そうとした。他人を使ってオーバーロードを作り出そうとした結果、失敗し、多くの命を焼き尽くした。俺もその一人だ。そして今も実験は続いている。人間は何度も同じ過ちを繰り返す」

オーバーロード。そうか。父さんは禁忌に手を出したのか。兄さんを殺したのは呉島貴虎じゃなかったのか。

僕は兄さんのその考えが間違っているとは思えない。いつも間近で愚かな人間をたくさん見てきたから。多くの驕り高ぶった貴族たちを。しかし、呉島貴虎は言った。悪意は断ちきればいい、何度でも、と。その言葉は力強く、僕の中に響いた。それでも、兄さんにはそれは響かなかったようだ。

「俺たちは生き残るべき人間を選別しようとした」

そう。それがかつてこの世界を牛耳る者たちが選んだ道。プロジェクト・アーク。神にのみ許される行為である。

「しかし、選ばれ、生き残った人間は必ず歪《ゆが》む。自分たちのような強者には生き残る権利がある。弱者は、自分たちの餌食になって当然だと。それが人間の未来だ」

呉島貴虎の目が鋭く光った。怒っているのだろうか。でも悲しそうにも見える。兄さんは言葉を続けた。

「俺は手に入れた力を使って、すべてをこの手におさめる。人類の頂点に立つ。強き者がその力を使って、人類を導く。それが俺の考えるノブレス・オブリージュ。俺の使命だ」

そして、その大きな槍《やり》をかつての旧友に向けた。兄さんは呉島貴虎に過去の自分を重ねている。それが間違いだったと証明するために彼を殺そうとしているのだ。

僕は今まで、虐げられる弱者をたくさん見てきた。だから兄さんの言うことがよくわかる。父さんに踏みにじられる子供たちをいつもいつも救いたかった。でも僕には力がなかった。僕も子供たちと同じ、弱者だったから。でも、子供は成長する。愚か者だと思っていた兄の仇《かたき》は、今や僕の英雄だ。人は変われるんだ。誰しもが強くなれる。それを知ったから、僕は兄さんを止めなくてはならない。それが僕の使命だ。

槍が振り下ろされるその瞬間、兄さんに飛びついた。そして、僕の体に巻かれた爆弾のスイッチに手をかける。一瞬驚きを見せた兄さんの様子からして、さすがにこの爆弾の威力には兄さんも敵《かな》わないのだと悟った。

「僕と一緒に死んでくれ」

爆弾のカウントダウンが始まる。

「俺を手伝いたかったのではないのか？」

「兄さんに近づくための嘘《うそ》だよ。今の兄さんは、兄さんじゃない！」

僕は、神様みたいな兄さんが、神様の力を持っていなくても、皆のために努力しているのがすごいと思ったんだ。いつだって英雄になる人は自分が英雄であることに気づかない。だから強くなろうとする。仲間を作る。

「やめろ！　こいつとは私が決着をつける」

呉島貴虎の声だ。もう遅い。スイッチは入れた。僕の英雄を鎮宮の問題で死なせるわけにはいかない。もうあと数秒だ。最後にもう一度、呉島貴虎を見ると、ひどく苦しそうな顔をしていた。

爆発の瞬間、僕の体中に巻かれていたはずの爆弾が離れた。そして、得体の知れない何かが爆弾との間に壁を作った。しかし、それも間に合わない。大きな音を立てて、大爆発を引き起こした。僕はこの爆発で死ぬだろう、そう思っていた。だが、命を取り留めた。何かが僕を守ったからだ。一体、何が？　爆発で死ぬことはなかった。それでも、衝撃で傷口が開いたようだ。服に赤い染みがどんどん広がっていく。こうなれば痛み止めも効かない。体を動かすと傷が痛む。その場に倒れ込むことしかできない。兄さんはどうなったのだろうか。あの爆発で生きているとは思えないけれど。

目だけを動かしぐるりとあたりを見まわすと、僕の前には人間とは思えない足があった。そいつが手にしているのはさっきまで兄さんが持っていたあの槍だ。

「残念だったな。これが今の俺の本当の姿だ」

その化け物の声を聞いて、愕然《がくぜん》とした。聞き間違えることはない。それは兄さんの声だ。もうダメだと思った。人類は終わりだと。

僕には目もくれず、化け物は呉島貴虎のほうに顔を向けた。今の彼はベルトを持っていない。アーマードライダーの力もなく、生身の体でオーバーロードと戦うのは無謀にもほどがある。それでも彼は諦めない。剣一本で、兄さんの攻撃をかわしたり、防いだりしている。もちろん、兄さんの余裕のある動きに比べると呉島貴虎は随分と余裕がなさそうだ。防御するのに精一杯で攻撃を仕掛けるにはパワーもスピードも、人間のそれで立ち向かうには無理がある。それでも彼は剣を振り続ける。剣を交えてはオーバーロードのパワーに負け、距離をとって体勢を整える。その繰り返しだ。呉島貴虎に勝機があるとすれば、持久戦に持ち込み体力を削ったところで一気に片をつけるべきであるが、オーバーロードとなった兄さんの体力は無限にあるのかと思うほど、息一つ上がっていない。こんなの、負け戦だ。呉島貴虎は兄さんに勝てない。しかし、呉島貴虎が放った言葉は勝機のない戦いをしている者の発言とは思えなかった。

「これでわかった。お前は何も変わってない」

「俺は変わった！」

確かに兄さんは変わった。姿形も、思想だって、こんなの僕の知っている兄さんじゃない。それでも呉島貴虎は兄さんのそれを力強く否定した。

「変わったのは、この私だ!!」

勢いよく兄さんに斬りかかるが、やはり敵わない。化け物の力でどんな攻撃も押し返され、まるで勝負になっていない。

「お前が変わっただと？　どこが変わったというのだ」

圧倒的な力で少しずつ、少しずつ呉島貴虎に傷をつけていく。まるで子供相手に手加減しているようだ。弄んでいるのか。簡単には殺さないといったところか。

「戦いの中で、たくさんの奴らと出会った。そこで私は自分の弱さを知った」

強さではなく、弱さ。スカラーシステムの煉獄《れんごく》の炎の中で圧倒的な強い力を思い知った兄さんとはまったく逆だ。兄さんは、弱さを知ったという呉島貴虎の言葉の意味がわからないらしい。彼の言葉を繰り返し、その意味を尋ねた。

「そうだ、弱さだ。ノブレス・オブリージュ。それまでの私は自らの責務を果たそうと必死だった。だが、自分の弱さゆえに為《な》すことができなかった」

弱さ……。その言葉は今までの彼からは想像できないものだった。そうか、呉島貴虎だって弱さがあるのかとハッとさせられた。兄さんはその言葉を嘲笑《あざわら》った。僕は、何もできず父さんに従うことしかできない自分が嫌だった。幼いころは兄さんに憧れ、その後ろをついていくことしかできなかった。僕は自分をずっと弱いだけの価値がない者だと思っていた。でも、誰だって弱いものなのだ。現にあの呉島貴虎だって、救世主にはなれなかったと言っていた。そんな彼は今この国において、救世主以外の何物でもない。僕も、変われるだろうか。僕は僕自身の弱さを知っている。

呉島貴虎は今もなお劣勢だ。そしてとうとう、手から武器が離れた。大きな槍で剣を飛ばされ、次の攻撃をかわす余裕もない。僕ができることは一つだ。

なぜかその瞬間だけは体が軽く、何も考えずにすぐに動けた。兄さんの槍が彼に届く間際、その間に割って入った。もちろん僕は全身でその槍を受けることとなったが、後悔なんてものはまったくない。僕が命を懸けて守ったこの人のことなら、信じられるから。

僕は呉島貴虎に万が一のために持っていたベルトを手渡した。

「……頼む。兄さんを止めてくれ」

「わかった」

僕は笑えていただろうか。呉島貴虎は確かに僕の覚悟を受け取ってくれた、そんな顔だった。そして彼は変身した。見たことのないロックシードだ。まるで歴戦の武者のような出《い》で立《た》ちであった。ベルトから〝カチドキ〟という声が聞こえた。いつかの報告書で見たことがある。そのカチドキアームズはたった一人の少年が有していた力。たった一人で沢芽市《ざわめし》のユグドラシルタワーに乗り込み、ユグドラシルの誇る兵力を圧倒してスカラー兵器を破壊した男。そうだ、そいつの名が葛葉紘汰だった。そうか、呉島貴虎の英雄は彼だったのか。

僕はここで死ぬだろう。だったら、最後の力を使い尽くしてでも、二人の戦いを見届けたい。遠のく意識を必死に保ち、目を見開いて二人を見た。もはや人間の戦いではない。光と光が飛び交い、斬撃が繰り出される。兄さんの出す大きな力の塊を、斬月《ザンゲツ》が同じ力で跳ね返す。両者一歩も譲らない戦い。なんてすごい光景なんだ。

「雅仁、信じろ。人間はそんなに愚かじゃない。弱い……だが、弱いからこそ強くなれる。誰かを信じることができる」

「信じるだと？　くだらない」

兄さんは実の父親に裏切られた。そして僕にも……。でも、僕も裏切られた。他の誰もない、この世で一番尊敬していた兄さんに。だけど僕は信じることを諦めなかった。僕は呉島貴虎を信じた。兄さんもきっと、心の底では信じたいと思っているんだろ？　わかったんだ。爆発の瞬間、僕を守ってくれた得体の知れない何かの正体。あれは、兄さんがやったんだろう？　無数の太い蔓《つる》のようなものが僕と炎の間に壁を作った。兄さんがオーバーロードの姿になるまでは、その力はあまりにも人知を超えすぎていて、兄さんがやったんだと気が付かなかった。お願いだ、兄さん。信じてよ。

兄さんが呉島貴虎を斬り飛ばした。その衝撃で彼は膝をついてしまう。でも僕はその男がこれまで何度も絶望から立ち上がる姿を見てきた。僕が諦めても、彼はいつも諦めない。そして今回もまた立ち上がる。何度だって。だから彼は強いのだ。

「これで終わりだ。貴虎！　人類は俺が導く」

槍が斬月の体を貫いた。それでも諦めない。そしてその槍をしっかり摑《つか》むと今度は斬月が兄さんの体に武器を突き刺した。二人は光に包まれ、人間の姿で再び現れた。武器を持ったまま、また立ち上がる。きっとこの戦いはもうすぐ終わる。ちょうどそのとき、いくつもの足音が聞こえた。地下都市の子供たちだ。

「お前との約束だ。私は、お前との約束を守るために、お前を倒す。世界を守る責務を果たす」

「それは俺の役目だ！」

両者はほとんど同時に走り出し、武器を振るった。最初の一撃を呉島貴虎がうまく避け、兄さんの後ろに回り込んだ。振り向いた兄さんが武器を掲げ、振り下ろすよりも先に、呉島貴虎の剣が兄さんに届いた。兄さんは倒れ込み、怪訝《けげん》な表情を浮かべている。

「なぜだ。俺は人間を超える力を手に入れた。なのに……なぜ」

「お前は一人だ。だが、私は一人ではなかった」

呉島貴虎の雄姿を必死で見ようとする子供たちを振り返り、言葉を続けた。

「私は、こいつらのことを信じている。影正も。これまで私が戦ってきたすべての人間。そして、今でもお前のことを信じている」

兄さんは全身から大粒の汗を噴き出して、その言葉を一言一句漏らすまいと聞いていた。さっきまで嘲笑っていたのとは別人のようだ。

「私はすべての人の思いを背負って戦った。誰かを信じて共に歩む。それが私のノブレス・オブリージュ。それが私の変身だ」

ふと、兄さんは笑った。それこそ、いつもの兄さんの笑顔に思えた。そして、僕に目を向けた。

「……そうか。変われなかったのは……この俺か」

瀕死《ひんし》の体を引きずって、呉島貴虎の前に歩いていった。武器を捨て、立っているのがやっとの状態だろう。それでも兄さんの背中は凛々《りり》しかった。

「俺の命を受け取れ。貴虎」

「ああ、お前の思いはずっと私の中で生き続ける」

「世界を頼んだぞ」

「……任せてくれ」

呉島貴虎は武器を構え、大きく掲げた。兄さんが苦しまないように、少しの情けもかけないように、灯火のような命の炎を吹き消した。子供たちもそれを見ている。僕を含め、鎮宮家は絶えた。この国の膿はようやくこれで出しきれたのだ。もうこれで、大丈夫だ。

僕は静かに目を閉じた。

「目が醒《さ》めたか」

その声で覚醒した。ここはどこだ。僕は確かに死んだはず。病院もないこの国であの深手からの生還は無理だ。

声のするほうにゆっくり顔を向けると、呉島貴虎がいた。

「僕は……生きているのか？」

「そう簡単に死んでもらっては困る。お前にはやるべきことが残っている」

僕はトルキア共和国の膿だ。それをお前によってすべて出しきられたんだ。こんな僕に何ができるんだ。まだ靄《もや》がかかった頭で考えた。ああ、そうか。

「罰を受けるのか」

「……そうだな。ある意味お前にとっては罰かもしれない。このまま、眠ったままのほうが幸せだったかもしれないな」

それなら、間違いなく死刑だろう。きっと残酷な死が待っている。それとも国外追放か。なんでもいい。鎮宮家はそれだけのことをした。なんでも受けるさ。

「トルキア共和国はアイムたちが立て直す。彼らをお前に任せたい」

どういう意味かわからず、考えた。何を言っているんだ。僕は彼らを地獄に導いた側の人間だぞ。第一、子供たち自身がそれを許すとは思えない。

「あの後、鎮宮邸はすべて調べさせてもらった。そしてお前の隠し倉庫を見つけた。影正。父親に見つからないように密《ひそ》かに子供たちを救う準備をしていたんだな」

まさか、あの倉庫が見つかるとは思わなかった。作戦データも何重にもセキュリティをかけ、僕以外には入れないようにしていたはずなんだけど。それに、そんなことはなんの意味も持たない。結局僕は彼らを救い出すことはできなかったのだから。

「僕には無理だ」

呉島貴虎から目をそらし、天井を見た。そこでここがどこかの建物の中なのだと気づいた。よく見れば、僕の体にはたくさんの器具や点滴がくっついている。

「私に、どんな過去を背負っていようと、新しい道を探して、先に進むことができる、そう言った奴がいた」

それが誰かはすぐにわかった。

「……葛葉紘汰」

「ああ、そうだ。奴は言った。人は変われると。そして私は変われた」

もう一度、彼のほうに目を向けた。ずっと変わらない。僕を真っ直ぐに見てくれる、きれいな目だった。

「影正。人は変われるんだ」

変われる。弱さを認め、他人を信じて。僕は自分が許せない。父さんや兄さんの暴走を止められなかったことも、そのせいで子供たちをひどく傷つけたことも。僕は新しい僕になりたい。今度は皆を守れるように。僕も変身できるだろうか。あなたみたいな英雄に。

「あとは任せた。影正」

「……わかった」

急に瞼《まぶた》が重くなった。生き延びたとはいえ、体はボロボロだ。少し喋《しゃべ》りすぎたか。そのまま、また深い眠りについた。

次に目を醒ましたとき、呉島貴虎の姿はもうなかった。そして、僕が清潔なベッドにいるということはすぐにわかった。ここがどこで、どうしてかはわからないが、医療機関で適切な治療を受けられたらしい。僕は命を拾った。さっきのは夢だったのだろうか。あまりにもまどろみの中にいたせいで、記憶が曖昧だ。夢だったに違いないとさえ思えてくる。起き上がろうとしたがそれはできないようだ。顔を動かすので精一杯だった。

ふと誰かが近づいてくる音がした。音は僕のベッドのすぐ近くでやんだ。僕の客か？　親兄弟を全員なくした僕に客人の心当たりなどない。あるとすれば、僕を取り込もうとする貴族の連中くらいか。おおよそ、父さんの遺産でも狙っているのだろう。そちらに顔を向けると、予想だにしない人物がそこに立っていた。花束を持ち、どう見ても見舞いに来たような恰好をして立っている。そんなはずはない。彼はおそらく、僕を殺したいと思っているだろうから。

「目が醒めたか？　影正」

そう言って屈託のない笑顔を見せたのは、オレンジ・ライドのアイムだった。

「前にも会ってるんだ」

「鎮宮影正だろ？　サイモンの友達だ。貴虎にも聞いたしな」

ちょっと待ってろよと、鼻歌を歌いながら花を飾る準備をし始めた。まるで親しい誰かに話しかけるように、僕に接してくる。一体何を考えているんだ。僕は困惑し、話に困った。でも、彼に一番初めにかけなければいけない言葉は最初から決まっていた。

「申し訳なかった」

花瓶に花を飾るその背中に向かって、僕が今出せる限りの声を振り絞って話しかけた。彼は振り向き、複雑な顔をした後、すぐに笑った。

「貴族のことは許せないと思ってる。でも、貴虎に聞いたんだ。あんたは俺たちを助けようとしてくれてたんだろ？」

それでも、助けられなかった。そう言うと、彼はやっぱり笑っていた。

「それに、あんたはサイモンの友達だ。何だっけな……。シャドウ？」

「それは忘れてくれ」

そう言うと、アイムは子供のような顔で声を出して笑った。いや、そうだ。彼は子供だ。随分と、逞《たくま》しい顔になったような気がする。

アイムは僕にいろいろな話をした。僕が眠っている間のこと、今のトルキア共和国のこと、そして呉島貴虎のこと。

ここは、呉島貴虎が用意したトルキア共和国の隣国の病院だそうだ。僕の他にも被災者がここにたくさん入院した。といっても、そのほとんどはすでに退院済み。一番重傷だったのはこの僕だったらしい。呉島貴虎は僕が一瞬目を醒まし、話をした後すぐに次の任地へと行ってしまったそうだ。彼は今このときも世界中を飛びまわり、多くの人を救っているのだろう。アイムが呉島貴虎の話をするときは、子供がヒーローのことを語るようであった。目をキラキラと輝かせ、自分のことのように自慢するのだ。そしてトルキア共和国の復興は、まだまだこれからというところらしい。子供たちで一から立て直すのだ。簡単な道のりではないのは百も承知だろう。

アイムの話が終わった後は僕が話をする番だ。僕は、サイモンについて話した。彼がいい青年であったこと。そしてオレンジ・ライドの仲間が好きだったこと、彼の願い、夢。僕が彼から聞き、感じたことをありのまま話した。アイムはときに笑ったり、難しい顔をしたり、と思ったら、さすがは俺たちのリーダーだと、誇らしげにしたり。終始楽しそうであった。

話が尽き、少しの沈黙が流れた後、アイムは一人で相槌《あいづち》を打ち何かを決意したようだ。

「トルキア共和国の復興はなんとか頑張っているが、正直子供の俺たちじゃ厳しいこともある。大人の協力が必要だ。助けてくれ、影正」

僕が彼らを助ける。それは僕がずっとしたくてもできなかった悲願だ。今それが果たされる。ああ、僕はなんて恥ずかしいんだ。こんなときに涙が出てくるなんて。

「泣くなよ。大人だろう?」

ケラケラと笑いながら、アイムが僕に言う。そうだ、僕は大人だ。彼らを守る義務がある。誰かを守り、守られるなら無意味な存在なんてない。そう兄さんは言った。僕にもまだ、すべきことがあった。

「俺たちは出会いこそ最悪だったが、ここから始めないか?」

アイムが手を差し伸べる。その笑顔はとても輝いていた。

「ここからが俺たちのスタートだ」

僕は迷わず、その手をとった。

毛利亘宏 ｜ Nobuhiro Mouri

脚本・演出家。1975年愛知県生まれ。早稲田大学演劇研究会にて劇団「少年社中」を旗揚げ。夢溢れるファンタジー作品を得意として、商業演劇や小劇場を中心に様々なジャンルの脚本を執筆、演出する。『宇宙戦隊キュウレンジャー』のメインライター、『仮面ライダージオウ』などのサブライターとして脚本を担当。舞台「仮面ライダー斬月 – 鎧武外伝 –」脚本・演出。

鋼屋ジン ｜ Jin Haganeya

1976年生まれ。ニトロプラス所属のシナリオライター。主な担当作品は、PCゲーム『斬魔大聖デモンベイン』、特撮『仮面ライダー鎧武』、『仮面ライダー鎧武外伝』など。

講談社キャラクター文庫 032

小説《しょうせつ》 仮面《かめん》ライダー鎧武外伝《ガイムがいでん》
～仮面《かめん》ライダー斬月《ザンゲツ》～

2020年6月3日 第1刷発行

著者	毛利亘宏《もうりのぶひろ》
監修	鋼屋《はがねや》ジン（ニトロプラス）
原作	石ノ森章太郎《いしもりしょうたろう》 ©石森プロ・東映
発行者	渡瀬昌彦
発行所	株式会社　講談社
	112-8001　東京都文京区音羽2-12-21
電話	出版（03）5395-3491　販売（03）5395-3625
	業務（03）5395-3603
デザイン	有限会社　竜プロ
協力	金子博亘
本文データ制作	講談社デジタル製作
印刷	大日本印刷株式会社
製本	大日本印刷株式会社

ISBN978-4-06-519654-0 N.D.C.913 206p 15cm 定価はカバーに表示してあります。Printed in Japan